Hermann Kinder

Der Schleiftrog

Roman

Diogenes

60/77/E/1
ISBN 3 257 01560 7

Man übersieht nunmehr von Engen das schöne Thal rückwärts. In den fruchtbaren Feldern liegen weitläufige Dörfer, und jener steile Berg zeigt sich nun in seiner Würde an der linken Seite. Vorwärts liegt Hohentwiel, hinten die Graubünder Berge im Dunst am Horizont kaum bemerklich. Man kommt durch Weiterdingen. Links ein sehr schönes Wiesenthal, über demselben Weinbau. Auf eben der Seite liegt Hohentwiel, man ist nunmehr mit dieser Festung in gleicher Linie und sieht die große Kette der Schweizer Gebürge vor sich. Sie nennen hier zu Lande einen Hemmschuh nicht ungeschickt einen Schleiftrog. Theile der sinnlichen Erscheinung des Rheinfalls gesehen. Der Vers legitimirt sich: Es wallet und siedet und brauset und zischt pp.

Goethe, 1797

I

Solche Abende lassen sich nicht vermeiden.

Zum Schluß sind wir alle traurig. Oder betrunken. Oder so betrunken, daß der Schnaps in den Adern die Trauer verdrängt. Oder so traurig, daß wir in Erinnerung zu heulen anfangen – jeder in sein Kissen.

Schön, daß ihr da seid, sagt meine Mutter. Wie geht es euch denn? Dann geht sie auf den Fernseher zu, wobei sie stöhnt und sich mit der runzligen Hand den krummen Rücken hält, sie schaltet das Gerät ab, die lieben Mainzelmännchen schrumpfen zum Punkt, meine Mutter geht zum Fenster und zieht die Gardinen zurück, das hereinfallende Licht blendet sie, ich höre, wie es in ihrem aufgetriebenen Bauch rumort und kullert. Ohjeh, sagt sie verlegen und fragt: Wie war denn die Fahrt? Dann legt sie plötzlich auflachend und schnell, schnell auch wieder zurückziehend, die Hand auf meinen Arm und ruft aufgeregt: Nun seht doch mal, was ich neulich gefunden habe! Sie zieht unter der ›Hör zu‹ ein Foto hervor, das sie mir viel zu dicht vor die Augen hält, ich muß einen Schritt zurücktreten, jetzt erkenne ich auf dem Foto unsere komplette Familie bei einem Sonntagsausflug in die Gasselstiege: vorne die frischen Buben in Knickebockern mit vollen Gesichtern unter dem Poposcheitel und der Elvis-Mähne, um den Hals der durch ein goldenes Blechdreieck gezogene Cowboyschlips; in der Mitte die stattliche Mama mit der feinen Hugenotten-Nase, die Haare in zwei Dauerwellenrollen über dem Kopf zusammengekämmt; männlich lächelt der Vater im Hintergrund und zeigt seinen Familiensinn. Klick – und man kann sich wieder bewegen, ich stehe neben meiner kleiner und weiß gewordenen Mutter. Kommt, sagt sie, jetzt trinken wir erst einmal einen orntlichen Schnaps, ich leg nur schnell meine Zähne an, holt doch schon mal die Gläser.

Das sind die Abende, an denen meine Mutter erzählt. Aus ihrem Leben. Aus unserem Leben. Oh, sagt meine Mutter, glaubt mir, ich kenne das Leben.

Solange ich einwandfrei reden kann, solange mir der Schnaps nicht die Wörter aufgeweicht hat im Mund, solange mir die Sätze nicht verloren gehen zwischen Hirn und Lippen, solange frage ich meine Mutter: Wie war das und das? Und meine Mutter erzählt; eine Geschichte zeugt die andere; nicht ein einziges Mal schaut sie heute nach, was das Fernsehen bringt. Sie fragt: Weißt du übrigens, wie du der Sohn deines Vaters wurdest? Natürlich, jetzt kommt die Geschichte mit der Dresche. Sie erzählt: Als Vater aus der Gefangenschaft kam, warst du schon zwei Jahre alt. Und das paßte dir gar nicht, daß da so ein fremder Kerl kam und nicht wieder ging. Tagelang hast du ihn nicht angesehen. Das wurde Vater denn doch zu bunt, er verhaute dich orntlich, steckte dich unter den Tisch und stellte die Stühle davor. Da drüben, die da waren das, geschenkt bekommen hatten wir die, wir hatten ja selbst buchstäblich nichts mehr. Und als er dich wieder rausholte, da wart ihr die besten Freunde.

Jaja, hauche ich auf meine Fingernägel hinunter.

Gertrud schenkt die Gläser wieder voll.

Ich nehme einen großen Schluck aus dem ehemaligen Senfglas und sage, um selbst etwas über mich zu erzählen: Das erste, woran ich mich erinnere, ist das Siebte Gebot hinter dem Schrank. Wie ich Kirschen geklaut hatte im Garten vom alten Gundel. Denn der war kein Flüchtling, der besaß einen Garten. (Merkwürdig, wie wir, obwohl doch selbst Verschlagene, aber Evakuierte!, mit schiefem Maul von Flüchtlingen redeten, die ulkig sprachen und in abenteuerlichen Klamotten sich am Wochenende mit Kind und Oma Stich für Stich und Stein auf Stein ein neues Haus bauten.) Wie ich die Kirschen in die Hosentasche stopfte, um sie Eltern und Brüdern mitzubringen. Wie ich rannte und fiel, mir die langen braunen Strümpfe zerriß, die unter den knielangen dunklen Hosen, die wir die katholischen nannten, ans Leibchen geknüpft waren. Wie ich verprügelt wurde von Vater (Mein Sohn stiehlt nicht!), der mit einem langsamen Griff (Hose runter, habe ich gesagt, und sei ein Mann!) unter dem Herd ein Holzscheit hervorholte, das so grob war, daß die Splitter im Hintern steckenblieben. (Mein Sohn heult nicht!). Wie ich in die dunkle Ecke hinter den Schrank mußte und siebzigmal aufsagen: Das Siebte Gebot lautet: Du sollst nicht stehlen. Wie ich mich in dem düsteren Winkel fürchtete vor Ohrenkneifern, wie ich die Augen zukniff und an den Heiland dachte.

In der Seele weh getan, sagt meine Mutter, hat uns das, aber irgendwie mußten wir euch ja Zucht und Ordnung beibringen. Das war genauso wie diese andere Geschichte, fährt sie fort, als du die Felle eurer Kaninchen zum Kürschner tragen solltest, damit der eine Jacke für Vater im unheizbaren Arbeitszimmer daraus machte. Wir mußten dir die Angst vor den Fellen regelrecht herausprügeln. Schließlich gingst du, das Päckchen mit den

Fellen am ausgestreckten Arm, die Gasse hinunter, schautest zur Seite und sangst heulend: Geh aus mein Herz und suche Freud. Überhaupt, sagt meine Mutter, angestellt hast du dich ja schon immer.

Ich weiß: Jetzt kommt die Sache mit dem Karpfen, den uns ein Kriegskamerad von Vater geschenkt hatte. Wie Mutter den Karpfen auf dem Küchentisch schlachtete, mit der stumpfen Seite des Beils auf den Fisch schlug, wie der hochzappelte, direkt auf mich zu, wie ich schreiend aus der Küche rannte, durch die große Diele, die Treppe hinunter und dem alten Gundel unter sein Pferdefuhrwerk.

Daher hast du die Narbe am Auge, sagt Mutter und zeigt lachend auf mein Gesicht.

Ich mag das nicht mehr hören.

Und seitdem hast du keinen Fisch mehr gemocht, erklärt mich meine Mutter. Ich esse längst wieder Fisch. Gertrud weiß das. Ich stoße Gertrud, der die Augen zufallen, unter dem Tisch an.

Meine Mutter trinkt einen Schluck, zündet sich die nächste Zigarette an und erzählt weiter, vom ersten Krieg, der ihr noch als hungriger Bauch im Kopf ist, von den Leidensjahren unter Großvater, von den Leidensjahren mit Vater (Hugenotten-Nase, so ein Quatsch, kreuznormale Westfalen seid ihr!), dann vom zweiten Krieg und immer wieder von diesem zweiten Krieg und der Schlechten Zeit, die für sie die verlorene Heimat ist.

Hör auf, Mutter.

Aber sie erzählt und erschlägt mich mit ihren Geschichten.

Diese Abende lassen sich nicht vermeiden.

Wenn sich die Augen meiner Mutter verschieben, übereinander stellen, kreisen, wenn ich mir befehlen muß, ihre Augen ordentlich nebeneinander stehend zu sehen, wenn mein Schluckauf nicht mehr verschwindet, wenn es mich schaudert vor dem Nocheinschlückchen, dann beginne ich, wütend über meine Mutter zu werden. Und während ich scheinbar noch ihren Geschichten von Fliegerangriffen, von Juden, von russischen Soldaten im Straßengraben bei Nacht zuhöre, bilde ich zornige Sätze in meinem verrauchten und betrunkenen Kopf: Halt den Mund, Mutter, hör auf, du kriegst deine Vergangenheit nicht los an mich, und laß gefälligst mich aus dem Spiel, bleib du vor deiner historischen Mattscheibe sitzen und verwickle mich nicht in deine Geschichten, ich habe meine eigenen, zum Beispiel die mit Gertrud, nein, schlichte nicht auch mich mit deinem Sinnhobel zu glatten Geschichten, rede mir doch nicht ein, daß man es schwer hat und daß das alles erklärt, daß der Anfang alles bestimmt, ich lasse mir von dir nicht den Glauben wegerzählen, daß die Zukunft vor uns liegt wie ein Land, das man roden und besiedeln kann, wenn man nur will. Hör auf, Mutter, ich habe meine eigenen Geschichten.

Gertrud schläft schon lange in ihrem Sessel. Die Brille ist ihr auf die Nase gerutscht. Ich wecke sie. Während meine Mutter kein Ende finden kann mit Ja, so war das, Wir haben etwas mitgemacht, das laßt ihr euch gar nicht träumen, Das waren andere Zeiten, meine Lieben, – räumen Gertrud und ich die Flaschen weg, leeren die Aschenbecher in den Mülleimer. Wir sagen Mutter Gutenacht. Doch sie bleibt noch auf dem Hocker am Küchentisch sitzen, raucht die letzte, trinkt noch ein Schlückchen und blättert zum hundertsten Mal den Kalender vom Kaufmann durch: Schöne Dörfer in Tirol. Morgen wird sie uns mit dem Geschirrspülen wecken. Dann hat sie den Frühstückstisch schon lange gedeckt, die Kanne steht schon unter der Kaffeemütze, die Zeitung hat sie schon ausgelesen.

Ich schiebe Gertrud vor mir her ins Bett. Wir suchen uns unter den zu kurzen Steppdecken von Damalsnachdemkriege einen Platz zum Aneinanderlegen. Gertruds Kopf auf meinem Arm. Am Zucken ihres Beines merke ich, daß sie eingeschlafen ist. Nach einer Weile spüre ich keinen Unterschied mehr zwischen ihrem Kopf und meinem Arm. Wir haben unsere eigenen Geschichten.

Ich bekomme einen Schluckauf. Verfluchte Sauferei. Ich bin aber nicht betrunken genug und werde meine Erinnerungen nicht los. Da hast du was Schönes angerichtet, Mutter. Ich springe von Erinnerung zu Erinnerung, spiele Hickelkästchen oder Himmel und Hölle mit meiner Kindheit: Bin ichs? Bin ichs nicht?

Einmal lief ein kleiner Ziegenbock hinter mir her; in meiner Not schrie ich zum Lieben Gott, der mir den dicken katholischen Pfarrer zu Hilfe schickte, Deäduddiänex rief der und verscheuchte den Bock – dabei wäre für mich doch der evangelische Bfohra zuständig gewesen. (Gottes Wege sind wunderbar, Bruno, sagt der Vater.)

Auf dem Platz vor der zweiklässigen Volksschule watschelten dicke Gänse, die es mit ihrem Zischen und Schnattern fertigbrachten, daß ich mich freute, wenn ich mich in die Schule gerettet hatte. (Man muß alles zum Besten kehren, sagt der Vater.)

Die Lehrerin hieß Fräulein Hegel, zog mit einem Bollerwägelchen durch das Dorf und fegte Pferdeäpfel auf für den Garten; die Bauern grinsten. (Die Ersten werden die Letzten, und die Letzten werden die Ersten sein, sagt der Vater.)

Wenn es auf der Dorfstraße knatterte, stürzten wir Brüder ans Fenster: Entweder war es der alte Opel des Drogisten, dem man auf Drängen des

Frauen-Bibelkreises verboten hatte, die Camelia-Reklame auszuhängen, oder das Motorrad des Zahnarztes. Später rollten auch Ami-Laster durch das Dorf. Sie hatten rote Fahnen aufgesteckt und schafften Bomben aus den Bunkern im Munitionswald fort. Einmal hielt ein Laster, und ein Mann stieg aus und pinkelte in den Straßengraben, ein richtiger Mohr, so schwarz wie das Missionsnegerlein in der Kirche, das nickte, wenn man einen Zehner reinwarf. Aber dieser Mohr trug eine Uniform und war ein Sieger und durfte die Deutschen schlagen, weil die lauter Juden umgebracht haben.

Den Landpolizisten habe ich, wenn er auf dem Dienstfahrrad vorbeiradelte, gegrüßt, indem ich meine bunte Kappe mit angenähten Anhängern abzog und laut Grüßgott sagte. *(Wer seine Mütz' trägt auf dem Kopf, / Wie angewachsen an den Schopf, / Der heißt mit Recht ein grober Knopf,* sagt der Vater.)

Und wenn die traurig in der Pfanne geschrumpfte Bratwurst auch noch in sechs Teile zerlegt werden mußte, bekam Vater ein besonders großes Stück. Mutter sagte: Ich habe eigentlich gar keinen Hunger, und verzichtete. (Dem Ochsen, der da drischt, soll man das Maul nicht verbinden, sagt der Vater.)

Aber Weihnachten, auf dem Christkindlesmarkt, bekam jeder ein Paar Bratwürste ganz für sich, und Vater trank Tucher-Bier und stöhnte: Ah, das zischt, das ist besser als die Kriegsschiffe. In den Ruinen am Nürnberger Bahnhof standen Frauen mit Kopftüchern und boten echten amerikanischen Kaffee an in hohen, grünen Blechdosen.

Einmal habe ich zwei Wochen lang keine Schulaufgaben gemacht. Wenn wir unsere Hefte der Lehrerin Schwester Frieda vor dem Unterricht vorzeigen mußten, habe ich mich im Klassenzimmer eifrig nützlich gemacht, die Gardinen aufgezogen, Holz in den Bullerofen geschoben, die Tafel gewischt, den Schwamm ausgewaschen. Das ging eine Weile gut. Dann wollte Schwester Frieda auch mein Hausarbeitsheft sehen. Puterrot wurde sie in ihrer weißen Diakonissenhaube, schlug mir vor der Klasse das Heft um die Ohren, Watschen hinterdrein: Du bist ein Schwindler, ein Lügner, schäm dich, pfui, pfui! Zu Hause kamen noch einmal Prügel und Ausgehverbot dazu. Ich saß in der Zimmerecke und dichtete Kirchenlieder:

1 Wir armen Sünder Menschen Was ham wir vill von Gott gegrigt und spotten ihn noch auch.

2 Gott hat so gahr für uns Sündern sein einzigen Sohn in den Tot gegeben.

3 Wir Menschen haben Gottes Sohn mit den Peischen gehauen und noch ans Kreuz genagelt.

Halleluja. Amen.

Vater kannte alle Märtyrer. In jeder Kirche konnte er die Märtyreraltäre erklären. Die Bilder sehe ich noch: Einem haben sie den Darm mit einer Spindel aus dem Leib gedreht; einen haben sie auf dem Rost gebraten; viele haben sie auf angespitzte Pfähle geworfen. (Haben das die Katholischen getan? Dummkopf, sagt Vater, die Heiden natürlich!) Einem haben sie einfach den Kopf abgeschlagen, aus den Aderröhrchen im Hals spritzte in hohen Bögen das Blut. (Wir müssen alle, sagt Vater, durch das irdische Jammertal.)

Ich erinnere mich an die Lehren des Vaters über das Ehrlichsein, Sauberhalten und über die Geduld beim Aufknöpfen von Paketen und Stiefeln; ich sehe ihn, wie er Briefumschläge aufschlitzt und wendet und mit den Randstreifen von Notopfer-Berlin-Bögen zu einem neuen Brief zusammenklebt. (Ordnung ist das halbe Leben.)

Ich kann mich doch nicht einfach so erinnern.

Seit Jahren verfolge ich die Theorie des modernen Erzählens, und da setze ich mich einfach hin und erinnere mich; jaja: Nun dichten sie wieder! Der *politische Rollback hat einigen Autoren Auftrieb gegeben, die ihrem Erziehungsgang, ihrer Gefühlsvergangenheit nach nie etwas anderes gelernt haben als medienfreundliche Innenlebenspflege*. Hör auf, Mutter; man kann doch nicht einfach Wirklichkeit, die paar privaten Erfahrungen, in Geschichten abfüllen und zustöpseln. Es *kömmt darauf an, sie zu verändern.* Aber andrerseits: Wenn sich die Subjekte nicht mehr vergegenständlichen, sich nicht mehr ausbitten, die Welt nach ihrer Weise behandeln zu können, gäbe es nur noch Versteinerungen.

Viel später wurde Vater krank. Er hatte keine Geduld mehr beim Aufknöpfen von Paketen und Stiefeln. Er las nichts mehr. Er erzählte nichts mehr. (So sinnlos, und jeder in sich.) Er gab keine Sprüche mehr von sich, zitierte die Bibel nicht mehr. Tagelang lag er im Schlafzimmer, wusch sich nicht, zog sich nicht an, setzte sich nicht mehr an den Schreibtisch. Die Post häufte sich unberührt neben dem zerwühlten Bett, in dem er zur Seite gedreht lag. Manchmal nachts wurde ich wach, wenn Vater den Hocker unter dem Küchentisch hervorzog, ich hörte das Kreischen der Stuhlbeine auf den Fliesen, hörte den Brotkasten knallen, wie Vater den Schnaps aus dem klimpernden Kühlschrank zog, wie er das Brotbrettchen und das Messer auf den Küchentisch fallen ließ. Ich zog die Decke über die Ohren; es nützte nichts, der Alte hatte einen wieder geweckt; da konnte man auch gleich pinkeln gehen. Wollte man möglichst schnell wieder zurück, rief der Vater aus der Küche: Bist du es? Dann bist du es? Bist dus, Bruno? Da hatte er doch noch den richtigen Namen erwischt, und ich mußte zu ihm in die Küche. Sie roch nach Schlafschweiß. Vater saß im Bademantel, unrasiert, die verklebten Haare wie Stacheln. Er sah mich an mit Hundeaugen. Alles heulte an ihm. Aber er sagte nichts. Blieb einfach stumm. Sah mich an und legte mir die Hand auf den Arm. Da war er schon fast am Ende, und ich wollte zurück ins Bett.

Sachte schiebe ich den Hocker unter den Küchentisch, lege leise Brett und Messer an ihren Platz, stelle den Schnaps wieder in den Kühlschrank und flüchte zu Gertrud ins Bett. Wie kommt man durch zwischen Vater und Mutter? Wie begreift man die Gegenwart aus der Vergangenheit? Und wie erzählt man, was ist und was gewesen ist, ohne glauben zu machen, es sei wirklich so gewesen? Wie erzählt man überhaupt, ohne abzustürzen in den Realismus oder das Chaos der Innerlichkeit?

Ei, ei, ei Korea, der Krieg kommt imma näha. Anfang 50 war das; als wir umzogen und Franken verließen. Der Zug, in dem wir weiter als bis Nürnberg fahren, hat Abteile, besteht nicht wie sonst aus Vierter-Klasse-Viehwägen mit Holzbänken im Viereck. Mitten in der Nacht auf einer großen Brücke über einen großen Fluß. Und wenn jetzt die Brücke kracht? Mutter sagt: Das ist der Rhein, Deutschlands größter Strom! Vater sagt: Dann fallen wir in Gottes Hand. Und als der Zug drüben war, griente Vater: So, jetzt kann sie einstürzen.

Münster ist die Provinzialhauptstadt von Westfalen; da gibt es keine Amis, sondern Tommies. Die Offiziere tragen Stöckchen unter dem Arm und schauen einen überhaupt nicht an, wenn man um Kaugummi und Schockläid bettelt. In Münster gibt es viele Autos, O-Busse, aber auch Pferde, die kopfnickend den blauen Möbelwagen der Firma August Peters ziehen. In der Schule feiern wir zwischen grünen, kugeligen Bäumchen, die ein Tempo-Dreirad aus der Stadtgärtnerei gebracht hat. Wir singen alle Strophen des Deutschlandliedes, weil die Kommunisten mit Panzern auf unsere Landsleute hinter dem Eisernen Vorhang schießen; dabei wollen die nur so frei sein wie wir; Kaffee sollen die nur vom Hörensagen kennen. Nach der Schule beweisen wir den Ischen unseren Mut und schauen in die Ruinenkeller, in denen manchmal die Brinker lauern und einen in den Sack stopfen und nach Massei in Frankreich schicken inne Wurstfabrik. (Wem Gott will rechte Gunst erweisen.)

An den Westfälischen Heimattagen leuchten in allen Fenstern Kerzen bis hinüber zu unseren

Schwestern und Brüdern drüben. Mutter sagt: Jetzt schicken wir auch mal ein Päckchen in die Zone.

Das B auf den Autoschildern (Brittisch heißtat, Mann, bis bescheuert? Weiß dochn Blinder!) wird gegen MS ausgewechselt.

Manchmal dürfen wir abends neben der strikkenden Mutter auf dem Sofa sitzen und Radio hören: Die Insulaner kommen, und auch der Professor Quatschni ist dabei, dea Ün-su-la-na, ja, dea valiat die Ru-he nich! Am Sonntagnachmittag, wenn Kalle Blomquist, der Meisterdetektiv, im Kinderfunk ist, schimpft Mutter: Macht gefälligst den Kasten leiser!

In der Pause tauschen wir Tarzan-Heftchen oder erzählen uns Witze vom Russen, Amerikaner und Deutschen, der immer der Größte ist; der Spitzbart aus der SBZ ist dagegen immer dämlich.

Dann hören wir im Radio am liebsten Heinrich Pumpernickel. Und in der Pause reden wir über James Dean und Hemingway; wir sind nicht mehr so kindisch und streiten uns lange darüber, ob Hitler anzurechnen ist, daß er die Autobahnen gebaut hat; natürlich müssen wir, die nach dem Krieg Geborenen, dafür sorgen, daß Deutschland aus diesem Mief von Nazi- und Kriegsgeschichten rauskommt; junge Europäer, aber sich nicht vor der Kollektivverantwortung Deutschlands drükken; einige Klassenkameraden treten schon offen für die SPD ein.

Aber das war erst Ende der Fünfziger Jahre. Wie die Erinnerung die Zeiten schleift, den Tageskram der Wirklichkeit rausschmeißt: Ein paar tausendmal sich am Abend zwischen Bettuch und Bettdecke versteckt, Träume ausgestanden, ein paar tausendmal aufstehen müssen, Pantoffel suchen, zähneputzen und waschen (Auch die bayrischen Geschichten da unten); hundertemal hinter den Eltern her zur Kirche gemuffelt im kratzigen, vom Bruder geerbten Sonntagsanzug, den Bekannten der Eltern vor der Kirchentür Gutentag gesagt (Und das ist sicher der kleine Bruno, na, der ist aber gewachsen! So, das ist er nicht, das ist er, na, der ist aber auch gewachsen!), hundertemal den Leuten beim Singen der viel zu vielen Strophen auf den Mund geschaut und das Wort Hühnerpopo gedacht, hundertemal während der endlosen Predigt die Altarkerzen zwischen den zusammengekniffenen Augen verschwimmen und tanzen lassen, beim Nachhausegehen dann aus den offenen Fenstern das Konzert der Mütter, die mit Gabeln auf schräggehaltenen Tellern das Eiweiß schlagen; achtmal Geburtstag und ›Lobe den Herren den mächtigen König der Ehren‹, achtmal das Selbstgestrickte auf dem Gabentisch, die selbstgenähten Hosen, die selbstgeschneiderten Hemden und Jacken, obwohl doch schon so viele in der Klasse Gekauftes tragen, achtmal ungetrübte Elternliebe während der Fahrradtour über die Päddken durch die Wiesen zum Glück in einem Wirtsgarten, wo man bei untergehender Sonne der Mutter ein Sträußchen pflückt und dem Vater am liebsten einfach auf die Schultern schlüge, achtmal Weihnachten und ›Ich steh an deiner Krippen hier‹ mit verkorksten Bäuchen und bei unausstehlicher Familiendichte; mehrere Male durch die Bibel am Familientisch nach dem Abendessen, Kapitel für Kapitel, Tag für Tag, es geht ja noch, wenn Mein Volk gegen die Amalekiter marschiert oder wenn Simson die dummen Philister schlägt, doch das Neue Testament fällt dagegen sehr ab, Vater liest bewegt, wir Brüder schauen auf das bekleckerte Tischtuch oder blinzeln uns Geschichten zu, Mutter döst aufrecht und bewahrt alles in ihrem Herzen.

Alles abgeblendet. Um welchen Preis erzählt man?

Aber ich will auch nicht Vergangenheit lebendig machen, ich habe eine Meinung zum Gang der Dinge. Die will ich erzählen. Und schon habe ich meinen Arm unter Gertruds Kopf weggezogen, habe mich in meine Ecke gerollt, schon schlafe ich fest, traumhaft arbeitet meine Traumarbeit, alles läutert sich, wendet sich ins Allgemeine und wird typisch, wie es die Ästhetik und der Markt verlangen, und in der Mitte steht ein Kapitel, das genau in der Mitte steht. (Bravo! So lernt doch diese verwahrloste Generation endlich, was Literatur ist!)

II

Unter mir die Schonung. Im öligen Morast die Tannenspitzen wie spitze Pfähle. Dahinein will ich nicht fallen. Du mußt, sage ich mir, nur hinauf wollen, der Wille versetzt Berge. Auf Zehenspitzen stelle ich mich ganz an den Rand des Hochsitzes über der Schonung. Ich federe in den Knien und gebe mir einen Stoß, ja, ich will, ich hebe ab, ich fliege im Aufwind dieses Hanges in den Baumbergen, nach kurzem Rütteln liege ich wie ein Adler in der Luft, ich schwebe Havixbeck zu. Die Welt ist grün und frisch. Wiesen, Äcker, Büsche, Straßen erstrecken sich horizontlos und in klarer Ordnung unter mir, ich fliege über Schloß Hülshoff hinweg. Kein Moor zu sehen, der Knabe fliegt durch die kühle Luft, alles gelingt mir auf Anhieb, aus dem unerschöpflichen Mund quellen Ströme griechischer und lateinischer Vokabeln, die wie Spruchbänder hinterherflattern. Mir ist so luftig ums Herz, ich kobolze über Gievenbeck hin, jauchze mit ausgebreiteten Armen Münster zu. Vom Domplatz her fliegt mir eine Gruppe entgegen. Hallo, das sind ja Albert Schweitzer, Dietrich Bonhoeffer und Kurt Tucholsky. Die Luft ist voller Ideale und Glockenläuten wie zu Silvester. Aus den rostigen Türen der Wiedertäufer-Käfige am Turm der Lambertikirche befreien sich die Schamonis und Otto Jägersberg und lockern ihre ironischen Glieder, zwacken den Bischof Keller zum Spaß ein bißchen in die Soutane. Tusch, und Karin sinkt vom Firmament, setzt sich an die Spitze unserer Prozession, dreimal tanzen wir über der Stadt im grünen Lindenkranz der Promenade nach. Niemand kommt ins Schwitzen. Alles ist leicht.

Etwas zieht mich hinab. Die schwarzen Pferde aus den ›Wilden Erdbeeren‹ poltern über das Kopfsteinpflaster, die Kutsche kippt, aus dem herausgefallenen Sarg kullert der alte Adam und grinst, die Motorradfahrer aus ›Orphée‹ brausen vorbei, die Atombombe explodiert, und mir versteift sich das Glied.

Karin ist als erste fort. Meine Hände werden schweißig. In meinem Hals stauen sich die vergessenen Vokabeln zum Kloß. Die Logarithmen werde ich nie kapieren. Ich verliere an Höhe und entgehe nur knapp den schlitzenden Flügeln des Siegesengels auf dem Schloßtürmchen. Balken in der Luft. Um Haaresbreite wäre ich ins Generalkommando an der Nienporte gesaust, im letzten Moment biege ich ab in die Studtstraße, die Luft ist bleiern und schmutzig, ich dümpele, setze zur Notlandung an, meine Füße schaben über den regennassen Bürgersteig, sie ratschen rosagedunsene Regenwürmer auf, aus denen weißlicher Dicksaft quillt, Fliegen schwirren herum, da packt mich die Wut, ich erschlage die Fliegen mit der Faust, an der Blut und Fliegenbeine kleben bleiben, ich erschlage alles um mich herum, Vater, Mutter, meine Brüder, das Geschlecht reiße ich mir aus und fresse mich mit Haut und Haar. Es nutzt aber nichts, ich muß diese verdammte Schultasche weiterschleppen. Wieder habe ich keine Hausaufgaben gemacht.

Als ich die Klasse betrete und mich auf meinen Platz schleichen will, sitzen schon alle in den Bänken, sie gröhlen und pfeifen auf den Römerflöten, die sie vom Ausflug zum Hermannsdenkmal im Teuto mitgebracht haben: *Als die Waldschlacht war zuende / rieb Fürst Hermann sich die Hände.* Der Lehrer wippt auf den Zehen und befiehlt mir, auf den Tisch zu steigen. Die Klassenkameraden klappern mit den Deckeln der Tintenfässer und schreien: Ein Exempel muß statuiert werden. Ich muß mich ausziehen, splitternackt, alle sehen meinen weißen Schwabbelbauch, diesen willenlosen Fettschurz. Der Klassensprecher bringt das Messer. Der Lehrer säbelt mir den Bauch herunter wie der Metzger das Fette vom Schwein, er nimmt das Gekröse darunter gleich mit weg. Es tut nicht weh, es blutet nicht. Es ist schön. Endlich bin ich liederlicher Freßsack in Ordnung. Es kann nur besser werden mit mir. Ich bin wie neugeboren. Wie glücklich Träume sein können.

Um halbsieben rappelt der Wecker. Aufwachen.

Mit der Hand prüfe ich unter dem blaugestreiften Schlafanzug: mein Bauch ist noch da, mein Glied ist steif, es hat sich also nichts geändert. An der Wand die auf Zeichenkarton geklebten Kunstpostkarten à 30 Pfennig von Mondrian *(die reine Realität).* Ich springe aus dem Bett und ziehe mir einen alten Pullover über, steige in die Trainingshosen aus verbeultem schwarzen Trikot, die aussehen wie Pluderhosen, und rutsche in die ausgelatschten Halbschuhe. Die Wohnungstüre ziehe ich leise zu und beginne meinen Morgenlauf. Der Bauch muß weg. Ich will nicht zu den Wirtschaftswunderdeutschen gehören, den Erhard-Visagen und Speckbrettärschen: Keine Experimente, keine Moral, keine Ahnung von Ossietzky! Deren Schoß ist fruchtbar noch! Ich will nicht versacken, mache mich stark und geschmeidig und tipple für ein neues, ein besseres Deutschland.

Der erste tote Punkt kommt nach hundert

Metern. Schultern hoch und mit geballten Waden durchgetreten. Die Melchersstraße hinunter, vorbei am Schloßtheater, wo die guten Filme laufen, ›Die Mausefalle‹, ›Schrei, wenn du kannst‹ und ›Außer Atem‹. Die Puste will mir ausgehen, ich teckle mit Pausen die Kinderhauserstraße rauf, dann in den Friesenring und mit Seitenstichen in die Martin-Luther-Straße (Ketzerstiege), an Ishorsts Gärtnerei vorbei, wo an Kaisers Geburtstag die schwarzweiß-rote Fahne weht, ich bin schon fast zu Hause, da kommt die alte Ahlers auf mich zu, die wird mich anschielen und fragen, wat für Pfünder woll noch runter sollen, da drehe ich lieber um, puste die Martin-Luther-Straße zurück, in den Friesenring, die ausgeleierte Trainingshose rutscht mir über den Po, durch die Kinderhauserstraße, in die Melchersstraße, da begegne ich meinem kleinen Bruder, der die Brötchen geholt hat, Na, Dicker, giftet der mich an, da kommt es mir hoch: Was weiß dieser Nachkriegsjahrgang, der nicht mal mehr Ruinen kennt und ohne zu mucken in das nächste Auschwitz schlittern würde, denn von Idealen, wütend mache ich kehrt, keuche die Marienthalstraße rauf, in den Friesenring, die Ketzerstiege runter und schleppe meine schlaffen Waden endlich nach Hause, wo ich meinem kleinen Bruder im Vorübergehen eine Kopfnuß verpasse, die sich gewaschen hat.

Wer liest heute die Losung für das christliche Haus?

Du sollst Vater nicht verspotten, wenn er nicht da ist.

Sonst ist er ja sowieso zu feige.

Halt du die Fresse, Kurzer.

Ich bin kein Kurzer.

Hört auf zu streiten.

Ich streite ja nicht, er hat angefangen.

Du sollst die Fresse halten, Kurzer, haste Kartoffeln in den Ohren?

Zweimal in der Woche geht der kleine Bruder in den Turnverein. Freiwillig, frischfrommfröhlichfrei, Mensch, Kurzer, dich hamse wohl zu heiß gebadet! Selber, sagt er pampig. Neuerdings spielt er auch noch beim CVJM Tischtennis. Müßt ihr da eigentlich nach dem Ping-Pong vaterunsern? Er schlägt nach mir mit dem Schläger, trifft mich natürlich nicht. Da muß er schon früher aufstehen. Manchmal schließt er sich ein und spielt auf dem Klavier stundenlang auswendig Mozart und Beethoven. Wenn ich durchs Schlüsselloch linse, sehe ich ihn mit geschlossenen Augen bedeutsam den Kopf auf- und niedersenken. Is ja nich zum Aushalten, Seeger, schreie ich durch die Tür, Gib doch nicht so viel Gas!

Tietschä is so häppi, bäng bäng, töfft was?

Bei Tisch wird nicht gesungen!

Diese Urwaldmusik schon gar nicht.

Quatsch doch nicht so quer, gib mir lieber die Margarine.

Hol sie dir doch.

Margarine macht Krebs.

Mach kein Tamtam und gib her.

Tietschä is so häppi, bäng bäng.

Wie oft habe ich euch schon gesagt, daß man nicht über den Tisch langt, wofür habt ihr denn euren Mund.

Wenn wir Glück haben, muß Vater arbeiten (leider, leider), wenn wir in die Kirche geschickt werden. Mutter drückt die Augen zu und sagt nichts, wenn mein zweitältester Bruder mit mir den Gottesdienst schwänzt und in der Stadt herumläuft. Er bindet den Schlips ab, stopft ihn in die Tasche und läßt seinen Zweimeterschal über dem Mantel bis zu den Knien baumeln. Er redet mit mir über die Kunst. Warum der amerikanische Williams-Seelenmus in Technicolor Schiet ist. Warum die Stelle in ›Wir Wunderkinder‹, wo der Robert Graf reinkommt und den Kragen mit dem Parteiabzeichen rumdreht, so unheimlich gut ist. Warum das von mir geliebte ›Wirtshaus im Spessart‹ alberner Koks ist. Er holt sein Zigarettenmaschinchen aus der Manteltasche, häuft den Tabak, leckt das Papier, klappt den Deckel zu und auf und nimmt die pralle Drehnussi heraus, zieht den Rauch tief ein, Kuhlen bilden sich in seinen Wangen, er sagt: Deine Gábor von Vaszary, Lernet-Holenia und Spoerl kannste aufm Mist schmeißen, lies doch mal Dostojewski, Brecht, den alten Goethe und Roth. Liebergottnee, stöhnt er, nicht Eúgen, sondern Jóseph Roth, du Säftel.

Wißt ihr schon das Neuste?

Schmeling boxt mit Fäuste.

Halts Maul, Kurzer. Die Margarete läßt den Armstrong-Jones sausen und heiratet uns Uwe, damit der für England den Fallrückzieher schießt.

Ha, ha.

Da weiß ich was Besseres: ich habe gestern einen gewissen Oberprimaner mit einer Tucke am Studtplatz stehen sehn.

Schies mai bäibi, bäng bäng.

Das ist keine Tucke, ja!

Die mit dem Petticoat?

Halt du dich da raus, Kurzer.

Wie oft habe ich dir schon gesagt, du sollst dich nicht mit diesem Mädchen herumtreiben.

Der älteste Bruder darf beim Frühstück die Zeitung lesen, er darf auch echten Bohnenkaffee aus

Mutters Kanne trinken, deren Deckel ein Plastikfalter vor dem Stürzen bewahrt; weil er Abiturient ist. Der Bruder kann Stecker, Radios, überhaupt alles reparieren. Mir erklärt er den Satz des Pythagoras. Vater sagt: Der Bruder ist ein patenter Kerl. Vater hält nicht viel von Naturwissenschaftlern; sie ringen nicht um die Frage nach dem Sinn von Sein. Der Bruder will, wenn er 21 ist, SPD wählen. Der Vater beißt wütend auf den Suppenlöffel. Der Bruder meint, daß Konni mit seinen 84 Jahren zu alt sei als Kanzler. Vater: Lieber ein alter Adenauer als ein junger Ollenhauer. Der Bruder: Das geht doch nicht mehr so weiter, in Karlsruhe hält die DRP ihren ›Reichsparteitag‹ ab, in Berlin singt der ›Bund nationaler Studenten‹ Nazilieder. Vater: In der Zone gibt es auch Nazis. Ich möchte meinem Bruder helfen und sage: Außerdem hat Adenauer die Wiedervereinigung verhindert. Der Vater wirft die Serviette auf den Tisch, knöpft sich die Jacke zu und verläßt das Zimmer: Hier schmeckt es mir nicht mehr. Mutter bringt ihm das Essen ins Arbeitszimmer. Dem haben wir es gezeigt! Der älteste Bruder freut sich nicht. Er beißt auf den Suppenlöffel. Nachmittags hält er sich meist bei seiner Freundin auf. Er ist selten zu Hause. Ab und zu sehe ich ihn in der Stadt mit komischen Freunden. Arbeiter oder so. Auf jeden Fall keine Künstler.

Habt ihr eure Taschen orntlich gepackt?

Seid ihr warm genug angezogen?

Habt ihr nicht den Sportgroschen, das Milchgeld und das Geld für die Rotkreuzkerzen vergessen?

Hat einer das Schulbrot liegenlassen?

Ja, Mutter, nein, Mutter. Tschüß.

Ich verlasse als erster das Haus. Die beiden älteren Brüder werden fünf Minuten später losgehen und mich Trödler genau vor der Schule erreichen.

Auf dem Bürgersteig sind mit weißen Steinen Kreise und Karos in das schwarze Basaltpflaster eingelegt. Den Randstein entlang Löcher, in die zur Prozession (Großer Gohott wir lohoben dich) junge Birken gestellt werden. Katholik sollte man sein; Mönch werden, in einem abgelegenen Kloster gärtnern und dem Geist leben, unio mystica, alles eins und rein, *Glocken und Zyanen, / Thymian und Mohn. / Ach, ein fernes Ahnen / hat das Herz davon.* Aber: dauernd beten, nee, und was mach ich mit Karin?

Ecke Finkenstraße steht ein alter Mercedes. Das Wrack von so einem Mercedes war neulich in der Zeitung zu sehen. Den hatte die Rote Hand in die Luft gejagt oder die FLN, da schaut ja keiner mehr durch. In die Fremdenlegion sollte man gehen. Frei sein, unabhängig und unbedingt. Dem

Ende nah sein mit Verachtung, wie Peter van Eyck in ›Lohn der Angst‹. Wenn man nur nicht in der Fremdenlegion mit der Knarre am ausgestreckten Arm in der Hocke durch die Wüste hüppen müßte.

Vor einem Haus ist die Eisenplatte über dem Loch, durch das die Kohlen in den Heizungskeller auf einer Blechrutsche geschüttet werden, hochgeklappt. Unten im Keller sehe ich den blauen Ärmel des Heizers, der die Schaufel von unten schabend in den Kohlenberg schiebt, sie zurückzieht, ein paar Brocken fallen von der Schaufel, von oben kullert eckig der Koks nach. Arbeiter sollte man sein. Man hat sein Auskommen, kann still und glücklich vor sich hin leben; man muß nicht immer mit sich ringen. Denken macht einsam. Incurvatus in se ipso, sagt Vater. Leben befreit. Doch Karin wird sagen: Einen Arbeiter, den mag ich nicht. Und immer hat man Dreck unter den Fingernägeln.

Diese Arabella hat 38 PS und macht gute 120 in der Stunde. Wenn ich ein Auto hätte, würde ich nach Paris fahren, mir mit Rotwein die Hucke vollsaufen und unter einer Brücke auf Zeitungspapier pennen. Dann würde ich nach Irland fahren, im taufrischen Gras der Morgensonne entgegenlaufen über die runden Hügel und moosbewachsenen Mauern, das kühle Haus betreten, die knorrige Holztreppe an der geweißten Mauer hinauf ins Atelier gehen, ein reines Grün malen und ein reines Weiß, Karin würde sich an mich lehnen und sich anfühlen, wie die BB aussieht. Da ist nichts zu machen: der Schulweg endet in der Gertrudenstraße. Meine Brüder haben mich eingeholt. Der Direktor überquert die Straße, wir reißen die Hände aus den Hosentaschen. Der älteste Bruder darf als Primaner durch den Lehrereingang unter dem Pietati-Virtuti-Doctrinae-Spruch die Schule betreten. Wir andern quetschen uns durch den Seiteneingang. Es riecht nach Linoleum und Wachs. Danneckers Schiller schaut mit leeren Augen. Eulen nisten in den Glasschränken. Die Schelle schrillt. Hier sollte die Rote Hand mal ein Dutzend Haftladungen anbringen.

Griechisch.

Um uns die noch schweren Kiefer zu lockern, läßt uns der Pauker (GutenMorgenHerrStudienrat) die Tempora flektieren. Pepaídeumai, ich bin erzogen worden, paideuoímen, ich möchte erzogen werden, paideúo, damit ich erziehe, paideúoimi, ich möchte erziehen, paideúso, ich werde erziehen, aber paideusoímen, ich würde für mich erziehen. Hätte ich etwa Neusprachler werden sollen? Die Neusprachler laufen doch geistige Kurzstrecke. Die Kultur muß von der Quelle her erschwommen werden. Sicher, Karin ist auch keine

Humanistin, aber bei Mädchen kommt es ja nicht dárauf an.

Deutsch.

Also, das Zeitgemäße an Schiller ist ja gerade, nich, daß der Krieg, der Kampf zwischen Freiheit und Diktatur, nich, das können wir ja auch heute noch beobachten, Herrschaften, paßt gefälligst auf, ja!, ich meine, daß wir aus dem ›Tell‹ auch das lernen können, daß man Stellung beziehen muß, ich denke da an den 20. Juli 1944, daß man also im entscheidenden Augenblick auf die Seite des Rechts treten muß, nichwahr, notfalls auch mit Gewalt. Schiller will uns also sagen, daß man in der modernen Industriegesellschaft, also im Atomzeitalter, nich, in unserer Maschinenwelt des homo faber, daß also die Kunst zeigt, daß auch die Kräfte des Herzens, die Kräfte der Seele wichtig sind, und daß, laß das, Theuerkauf, zur Menschlichkeit auch der ethische Mut gehört, nich, die moralisch-geistige Festigkeit. Bitte?

Der Kanzler hat doch neulich, als da die Schmiereien an der Kölner Synagoge waren, gesagt, ich weiß nich, aber daß man so einem Lümmel von Schmierer, wenn man ihn erwischt, daß man den auf der Stelle verprügeln soll.

Ja und?

Ja, ich meine, ob man das darf. Der Tell hat das

Recht für sich. Der darf den Geßler umschießen. Aber wenn man nun so einen irregeleiteten Jugendlichen verprügelt, issen das nun Recht oder Unrecht? Ruhe, Herrschaften. Also das gehört wirklich nicht hierher. Ruhe. Wir lesen jetzt die erste Szene im zweiten Aufzug.

Latein.

*Equidem, ut verum esset, sua voluntate sapientem descendere ad rationes civitatis non solere, tamen arbitrarer hanc rerum civilium minime neglegendam scientiam sapienti, proptera quod omnia essent ei praeparanda, quibus nesciret an aliquando uti necesse esset.**

Sport.

Und hopp und hopp und stehenbleiben.

Und beinegrätschen und die Arme über den Kopf und holzhacken und pendeln und aufrichten.

Und hopp und hopp und hopp, na los, die Herren, und hopp und hopp und stehenbleiben.

Und armeschwingen links und rechts und links und rechts und hopp und hopp und stehenbleiben.

* Fürwahr, gesetzt der Fall, daß der Intellektuelle freiwillig sich zur Politik herabzulassen nicht gewöhnt ist, so meine ich dennoch, daß der Intellektuelle keineswegs die Wissenschaft der öffentlichen Angelegenheiten vernachlässigen darf, weil er auf alles vorbereitet sein muß, von dem er nicht weiß, ob er es nicht irgendwann benötigt.

Und in den Liegestütz, zack-zack, und runter und rauf, und das Gesäß richtig runter, meine Herren, und noch einmal runter und rauf.

Und wieder hopp und hopp und haaalt und Geräte aufbauen.

Der Kasten längs: Nimm tüchtig Anlauf, Junge, du mußt springen, hooochhinaus springen, nicht den Kasten umwerfen, naaain, komm, versuchs nochmal, los, und nun spring, ja, ja, spring, wirf dein Herz hinüber, Junge, und spring hinterher, hoch, hoch, naaain, nicht sitzenbleiben, so geht das nicht, versuchs nochmal, und wenn du springst, stell dir vor, hinten am Kasten wäre ein scharfes Messer, das dir den Hintern abrasiert, wenn du ihn nicht über die Kante bringst, also los, spring, nein, so geht das wirklich nicht, du gibst dir aber auch gar keine Mühe, Kerl, der nächste.

Flanke am Barren: Der hängt ja zwischen den Stangen wie eine Flunder, wie eine Nonne beim Beichten, wie ein kalter Bauer, wie der heilige Joseph, als er von der Maria stieg (Sau, man muß die religiösen Gefühle seiner Mitmenschen respektieren!), patsch, da knickt der ab und liegt lang zwischen den Holmen, ich habs ja gesagt: wie eine Flunder.

Laufkippe am Reck: Ich krieg die Brust nicht hoch, ich krieg den Bauch nicht hoch, ich krieg die Beine nicht hoch, ich krieg den Arsch nicht hoch.

Und Geräte abbauen, wir spielen Sitzfußball. Udo und Dirk wählen: Juppi zu mir, Wolf zu mir, Otto zu mir, Michael zu mir, Frank zu mir, Jürgen zu mir – und ich? Bimbo zu mir, Maik zu mir – und ich? Hartmut zu mir, Stephan zu mir, Gerd zu mir, Erich zu mir – und ich? Rainer zu mir, Hermann zu mir – ist der etwa besser als ich? Ludger zu mir, Bruno, endlich, zu mir, der ist wenigstens noch besser als Manni, – das will ich meinen.

Mit Ulrich trete ich die Schule hinter mich. Es geht langsam voran. Ulrich humpelt mit schräggestelltem Fuß. Trotz seiner von einer Kinderlähmung kranken Beine beteiligt sich Ulrich, soweit es geht, am Sportunterricht. Seine Mutter hat sich erhängt, an der Klinke der Wohnzimmertür. Ulrich sorgt für seine jüngeren Geschwister, solange sein Vater auf Arbeit ist. Ulrich fehlt oft. Er ist sehr blaß. Wochenlang liegt er im Hüfferstift, wo sie ihm an den Beinen herumoperieren, damit es wenigstens nicht schlimmer wird. Auch heute diskutieren wir über Hamlet. Wir haben zusammen den Film mit Laurence Olivier gesehen. Wir können uns nicht einigen. Ulrich meint, Hamlet sei letzten Endes ein scheußlicher Egoist, ein verwöhntes Prinzchen, Herumtreiber und Fettwanst, aus Langeweile machtgierig, aus besserwisserischer Eitelkeit stürzt er die anderen ins Unglück.

Wie kann der kluge Ulrich den Hamlet nur so gründlich mißverstehen. Selbstverständlich ist Hamlet ein Gezeichneter, ein typischer Intellektueller, die Verkörperung der Gedankenblässe, ein faustischer Grübler, er ist der Beweis dafür, daß nur der sich selbst allein verpflichtete Denker, der sich vom Gewöhnlichen fernehält, die Wirklichkeit durchschauen und richten kann. Hamlet ist Philosoph und Künstler.

Ulrich lacht, verabschiedet sich und humpelt nach Hause.

Alleine marschiere ich schneller.

Hoffentlich darf ich heute nachmittag mit Gerd und Jürgen auf die Werse zum Paddeln. Karin kommt vielleicht auch mit. Mein Schatten fällt mir auf. Er ist lang, schlank, läuft schwerelos über den Bordstein und die Gartenmauer, er ist mir immer schon voraus, lässig baumelt ihm am Arm die marionettenfeine Hand, die Schultasche ist ihm nur eine leichte Verdickung an den zu großen Sprüngen aufgelegten Giraffenbeinen. Mein Schatten zeigt, daß noch Möglichkeiten in mir stecken. Ich werde meinen Schatten einholen, ihn ausfüllen, ich bin ihm schon auf den Fersen, heute nachmittag, schon wird er Stück um Stück kürzer, ich wachse in ihn hinein, nun gibt es keine Differenz mehr zwischen mir und meinem Schatten, als ich im Schatten unseres Wohnblocks stehe.

Sehr freundlich sage ich Tach zu Mutter, die im Töpfefach des Küchenschrankes kramt. Nachdem sie sich etwas mühsam aufgerichtet hat und im Plastikkittel, unter dem der schiefe Saum des Selbstgenähten hervorschaut, vor mir steht, versuche ich, ihre Laune abzuschätzen. Sie antwortet Tach und kramt aus ihrem Ausschnitt ein zerknülltes Tempo-Taschentuch heraus und putzt sich wie ein Mädchen die Nase. Meine Mutter ahnt eine Absicht und läßt sich nicht packen. Prima hm, freue ich mich, Sauerkraut gibt es, das habe ich mir gerade so gewünscht. Mutter sieht mich von der Seite an. Sie reißt mit Schwung den großen, schweren Topf vom Herd, läßt sich vom Schwung bis zum Spülbecken tragen, gießt das urinfarbene Kartoffelwasser ab, wobei sie den Kopf aus dem heißen Dampf fortdreht.

Das ist doch der Topf, in dem du schon meine Windeln gewaschen hast? Ja, lacht Mutter, aber wir hatten ja nur den einen für alles. Ich schiebe meine Mutter sacht beiseite: Das ist Männersache. Ich lasse die Kartoffeln abdampfen, stampfe und rühre die Kartoffeln zu Brei, Mutter schneidet einen Brocken Butter hinein, gießt heiße Milch dazu, und als sie Muskat in den Topf reibt, berühren sich unsere erhitzten Köpfe fast. Mutti, frage ich wie nebenbei, darf ich heute nachmittag auf die Werse? Von mir aus, wenn Vater nichts dagegen hat. Geritzt. Ach, der Vater hat da doch nichts zu sagen.

Wir sitzen am Tisch und warten auf Vater. Mutter schneidet das Eisbein. Auf Vaters Teller legt sie das größte Stück. Jedesmal diese elende Warterei auf den Alten. Wenn man wenigstens schon nehmen dürfte. Aber nein, erst der Chef. Wir drehen die schon betbereit gefalteten Daumen um die Wette. Der älteste Bruder liest im Hobby-Heft. Endlich kommt Vater zur Tür herein, er beeilt sich nicht, lächelt süß: Entschuldigt, meine Lieben, ich mußte noch eben einen Gedanken abschließen. Setz dich schon hin, Mensch! Er setzt sich, dreht die Augen nach innen und betet bewegt: Vater segne diese Speise, uns zur Kraft und dir zum Preise, Amen, Gutenappetit. Wir schütteln uns die Hände so kurz wie möglich. Nur der Vater läßt einen nicht entkommen. Wie der den Kartoffelbrei in das Sauerkraut haut, daß die Soße über den Tellerrand schwappt. Wie der im Eisbein herumfuhrwerkt, daß das Messer auf der Gabel knirscht. Wie der sein Maul über den Teller hängt und das Zeug in sich reinschlappt. Von der überladenen Gabel platscht die Hälfte spritzend auf den Teller zurück. Natürlich mekkert Mutter bei dem nicht, sieht nur zur Seite. Plötzlich hört er auf zu kauen, seine Backe ist ausgebeult, er holt aus der Jackentasche Zettel und Bleistift, notiert sich etwas, verstaut Zettel und Bleistift wieder in der Tasche und kaut weiter, die Backe schwillt ab. Wie brutal der mampft. Auf der verrotzten Jacke kleben ihm die Krautfäden. Wie der rumläuft. Neuerdings furzt er auf offener Straße. Nicht auf das Man (Wer ist das?) käme es an, sondern auf das, was *man* von innen her sei. Selbst auf dem Kirchweg furzt er, den schwarzen Homburg auf das reichswehr-kurzgeschorene Haupt gedrückt, zerknittert und metaphysisch vor sich hin schlurfend. Mit dem Daumen schiebt er den Teller mitten auf den Tisch, zieht sich den Glasteller heran (Ich darf doch schon!) und füllt ihn bis zum Rand mit Apfelmus. Das Kinn hängt er über den Teller und schlabbert das Mus wie eine Maschine in sich rein. Nun will er wohl auf Familie machen und quasselt blöd rum, Wies in der Schoole gewesen sei, ob wir den Herrn Studienprofessoren die gehörige Referenz erwiesen hätten, immer derselbe Feuerzangenbowlen-Quatsch. Jetzt dreht er die Augen nach innen und betet still vor sich hin. Währenddessen müssen wir mit dem Essen einhalten, dürfen keinen Mucks von uns geben. Und das dauert! Endlich schiebt er mit seinem Fettarsch den Stuhl hinter sich, befiehlt mit christlichem Lächeln: Mutti, du machst mir doch eine gute Kanne Kaffee. Auf

Wiedersehn, ihr Lieben, ich muß an die Arbeit. Mach die Tür hinter dir zu, Mann.

Alle atmen tief durch. Das Sauerkraut schmeckt jetzt wieder.

Aus dem Keller trage ich mein extra gut geputztes Fahrrad hoch, setze mich auf dem Sattel zurecht und lasse die Pedale im Stand rückwärts probelaufen, lege den ersten Gang ein, spiele mit den schnellen Fingern nervös auf den geschwungenen Felgenbremsen Klavier, trete mit geballter Muskelkraft explosionsartig an, daß sich das Vorderrad fast aufbäumt und die Mähne wirft, schalte in den Normalgang über, schalte in den großen Gang und rausche nun in gleichmäßiger Schnelligkeit lässig aufrecht durch die Martin-Luther-Straße und biege in den Friesenring ein.

Wenn ich in der Dunkelheit um Karins Haus radle, um vielleicht ein Stück von ihr zu sehen, male ich mir aus, mit Karin und unseren sieben Kindern in einem kleinen Kotten an der Gasselstiege zu wohnen, orntlich zu sein, zu arbeiten und den Armen zu helfen; Diplomat zu sein und den Atomkrieg abzuwenden und mit Karin Albert Schweitzer zu besuchen; mit Karin im Boot die Werse raufzufahren, in die Ems, in die Nordsee und um die Welt.

Immer sind meine Wünsche eine Nummer zu groß. Schon wo die wohnen; auf dem Cheruskerring wohnen Leute, die ein Auto haben, Fernseher oder Konzert-Abo und einen Onkel, dem Theodor Heuss schon mal die Hand gegeben hat. Die Eltern von Jürgen und Karin fahren einen Opel Kapitän. Im Winter laufen sie alle zusammen Ski in den Alpen und tragen hinterher ein leuchtendes St.-Moritz-Abzeichen auf den Ärmeln ihrer nichtselbstgenähten, gelben Anoraks spazieren. Die Eltern sollen aus der Kirche ausgetreten sein, Jürgen ist nicht getauft, ein Heide also (Ich sehe den Umgang nicht gern, sagt die Mutter). Mit seinen fünf Mark Taschengeld die Woche gibt er an wie ein nackter Neger, und weil er in einer Skifflegroup auf Omas Waschbrett rumschabt, fühlt er sich wie ein kleiner Joachim Ernst Behrend. Aber dafür kann ja Karin nichts. Und die Liebe fängt von vorne an und schafft sich ihre eigene Welt, kennt keine Grenzen. Die kleine, zierliche, dunkle Karin mit ihrem lieben Lächeln.

Ich fahre mit dem Metallkamm durch die Haare, die ich mit Brylcreme straff nach hinten gekämmt habe. Ich klingle. Karin öffnet selbst. Sie hat Shorts an, richtige Shorts. Nur gut, daß ich unter der Lederhose die enge Badehose trage. Ich nehme ihr den Match-Beutel ab, Jürgen pfeift durch die Zähne, ich werde rot. Jürgen schwingt sich auf sein Fünfgangfahrrad, mit dem er uns immer abzieht mittwochmorgens auf der Fahrt zum Schulgottesdienst, und pest fort: See You later. Er ist schon am Schlachthof vorbei, als Karin und ich erst die Aa überqueren. Pfui, sagt Karin, wie die stinkt.

Gerd hat ein neues Schlauchboot, er will mit Jürgen vom Handorfer Schwimmbad rauf-, ich soll mit Karin in deren Familienkahn von Nobiskrug die Werse runterpaddeln, bei Vennemann wollen wir uns treffen. Noch fehlt es mir an Mut und Einfällen. Ich halte mich lieber hinter Karin. Der dicke, schwarze Pferdeschwanz tanzt auf ihren Schultern, ihr Büstenhalter zeichnet sich ab, ihre Pobacken reiten auf dem Sattel.

Auf dem breiten Radweg der Warendorferstraße muß man nebeneinander fahren. Was soll ich bloß reden?

Was macht ihr denn in Mathe? Hör mir mit Mathe auf, sagt Karin. Kennst du den Reli-Pauker, den mit dem Holzbein, bei dem wir in jeder Stunde ›Die Nacht ist angebrochen‹ singen müssen, weil das von Jochen Klepper ist? Nein, den kennt sie nicht, Jochen Klepper auch nicht, aber in Malljorka (wo issen das?) ist sie schon gewesen und hat einen todschicken Bikini getragen. Einen Bikini! Ich sehe Karin am heißen Strand von Malljorka, ich trage sie auf meinen starken, braunen Armen ins kristallklare Wasser. Wir radeln nebeneinander her.

Hier, lüge ich, habe ich mal gesehen, wie ein Tommy mit dem Jeep gegen den Baum gerasselt ist; es hat ihn durch die Windschutzscheibe gehauen; flopp, war aber nicht tot. Igittegittegit, sagt Karin, und wir radeln nebeneinander her.

Den Abschlußball hat sie schon hinter sich. Ab sofort werde ich keine Tanzstunde mehr schwänzen; für meine Karin nehme ich sogar diese Hopserei der Blonden und Blauäugigen auf mich.

Beim Bootshaus hinter dem Nobiskrug komme ich ins Schwitzen: wie soll ich den schweren Holzkahn aus dem Schuppen und ins Wasser bringen? Oh, nee, der is mir zu schwer, sagt Karin, setzt sich auf den Bootssteg und läßt die Beine in die träge und trübe Werse baumeln: Is dat wieder ne Jülle heute. Was fang ich bloß mit dem schweren Kahn an? Unter den Arm nehmen geht nicht, schieben oder ziehen auch nicht, das zerkratzt die ganze Unterseite. Da habe ich ihn glücklich aus dem Schuppen gezerrt, und nun liegt er da: Was tun? Auf dem Steg des Verbindungsbootshauses nebenan steht spreizbeinig einer und bläst auf dem Saxophon ›Petite fleur‹ zu Karin herüber. Son Schmalzdackel und Student mit versoffenen Bieraugen. Soll mir mal lieber helfen. Ich ziehe, hebe, drücke, krieg aber den verdammten Pott nicht von der Stelle. Der Studentenaffe brüllt zu Karin: Ihr Freier solls doch mal mit dem Drehsystem versuchen. Dann setzt er sein Saxophon wieder an, wälzt sich in den fetten Hüften und bläst den ›Kriminal-Tango‹. Karin sieht mich über die Schulter an. Drehsystem? Ich drehe das Heck um die Bugspitze nach vorne, den Bug ums Heck, so komme ich bis zur Rolle am Ende des Steges, auf der ich den Kahn, Gottseidank, endlich ins Wasser schiebe. So, ich reibe die Hände mit Grandezza: Staaig indas Traumboot der Liebää!

Karin will auch paddeln. Na gut. Wir tauchen ein, Karin spritzt mir eine Ladung Werse in den Schoß. Nur nicht meckern! Ich versuche, den Duschen auszuweichen. Bald sagt sie Puh und legt das Paddel vor sich quer über das Boot, hängt ihre Beine darüber und pfeift ›Mylord‹ von der Piaf. Ob die mich damit meint? Ich lege mich ins Zeug, ziehe das Paddel kräftig durch, das Boot schwankt nach links, nach rechts, wir gewinnen Fahrt, die Arme schmerzen mir, die Bauchmuskeln auch schon, mein Leistenbruch quillt. Eigentlich, stöhnt Karin, ist Paddeln stinklangweilig, sie zeigt auf die Kühe im Halbwasser: Und wie urblöd diese Viecher sind, haste nich was auf Lager, einen Schwank aus deiner Jugendzeit oder so?

Natürlich hab ich nichts auf Lager. Aber irgendwas muß ich jetzt doch bieten. In der Kurve sitzen Angler. Ich kenne mich selbst nicht wieder, als ich den ersten dreist frage: Was gefangen? Nen kalten Arsch, knurrt der zurück. Das hat hingehauen! Selbst Karin lacht. Nur weiter so, Humor reißt alles raus. Ich brülle zum nächsten Angler hinüber: Was gefangen? Fick dich ins Knie, schimpft der. Ich bekomme eine Bombe. Was hat der gesagt, fragt Karin. Was sag ich jetzt? Was der Angler gesagt habe. Ich hätte es auch nicht verstanden, das sei wohl Platt gewesen.

Links vor der Boniburg gibt es einen kleinen Nebenarm. Das Wasser ist hier ganz unbewegt und schwarz und sieht nach Molchen und Wassermann aus. Hier muß ich es drauf ankommen lassen. Ich lasse das Boot in den Waldsee treiben, unter den großen, dunklen Kastanienbäumen erzähle ich meine vorbereitete Geschichte: Weißt du, dort, wo ich früher gewohnt habe, da gab es auch so einen Teich im Wald. Als ich in der zweiten Klasse war, bin ich öfters dahin gegangen mit dem Mädchen, das in meiner Schulbank saß. Gottchen, ich war arg verliebt, obwohl ich damals noch gar nicht wußte, was Liebe ist (kleine Pause). Wir haben uns ans Wasser gesetzt und gewartet, daß die Blutegel kämen, die die großen Jungen hier für den Doktor sammelten. Einmal, im Frühjahr, war da ein Schwan mit Jungen. Der kam plötzlich auf uns zu, watschelte an Land und fauchte uns an. Wir rannten schreiend weg und verkrochen uns unter einem Holunderbusch, hielten uns die Hände und waren ganz still. Und, fragt Karin. Nix »und«. Da lacht sie: Na, du bist mir vielleicht ne Marke, unterm Busch sitzen und Händchen halten!

Hat sie die Geschichte verstanden?

Karin wirft ihren Kopf zurück, ihr Pferdeschwanz kitzelt meine Füße, sie trällert in die westfälischen Wolken:

Komm, setz dich hier aufs alte Sofa,
Aber Vorsicht, denn ihm fehlt ein Bein.
So verschossen wie dies Sofa,
Kann ich heut in dich nur sein.

Das ist zuviel. Das ist eindeutig. Sie liebt mich. Meine Karin, schau, wie sanft die schmalgrünen Blätter der Trauerweiden die Werse streicheln; wie die Bierzipfel der Studenten am Bootshaus drüben in der Sonne glitzern; hör, wie das Wasser am Boot entlang gluckert. Eine Bahn von Strudeln hinter uns lassend. Ich werde dich immer durch alle Wasser sicher steuern. Dich und unsere sieben Kinder, Karin, wir werden uns das Glück vom Himmel holen, das unsere Eltern verpaßt haben. Schau doch nur, was für ein heimeliges Zelt die Trauerweiden mit ihren Ästen bauen, und dort springt ein Fisch, und sein silbriger Bauch blitzt.

Da sind wir schon bei Vennemann. Gerd und Jürgen warten bereits und sind sauer: Wo bleibt ihr denn so lange, habt wohl Süßholz geraspelt, hä?

Ich werde rot. Karin winkt ab: Das is ne Marke.

Wir tauen die Boote fest. Jürgen reißt den Arm durch die Luft und macht auf Gönner: Los, Jungs, ich lade euch zu Storck-Karamellen und ner Flasche Bier ein. Karin will nicht. Blöde Ische, schreit Jürgen sie an. Da dreht sich Karin um und geht. Geht einfach und sagt: Ich fahr mit dem Bus nach Hause; Bruno kann ja mein Fahrrad mitbringen, ein Kavalier, wie der ist.

Das Bier schmeckt nicht. Die Karamellen ziehen in den Zahnlöchern. Die Zweige der Trauerweiden schleifen im schmierigen Wasser. Konservendosen verfangen sich darin, kaputte Bälle, verlorene Spiele, tote Fische mit silbrigem Bauch. Studenten stieren auf die Bierflaschen, die sie zwischen ihre Schenkel geklemmt haben. Mit dem Drehsystem schaffe ich den Kahn in den Schuppen. An jeder Ampel versuche ich eine neue Methode, mit zwei Fahrrädern anzufahren.

Als ich das Wohnzimmer betrete, sitzen alle schon um den Tisch und essen Abendbrot. Wo kommst du jetzt erst her, fragt Vater und zieht umständlich seine Sprungdeckeluhr aus der abgeschabten Weste, läßt den Deckel schnappen und hält mir die Zeiger unter die Nase. Antworte gefälligst, wenn ich dich etwas frage!

Nach dem Essen soll ich zu Vater kommen. In sein Arbeitszimmer (Stiftung deutscher Kulturbesitz) zur Latein-Nachhilfe.

Na los, nun geh schon, fordert mich Mutter auf, als ich nicht aufhören will, um sie herumzuscharwenzeln, nach Arbeit zu fragen, doch der Mülleimer ist schon geleert, abgetrocknet wird heute nicht, und Schuhe müssen auch nicht geputzt werden.

Ich gehe zweimal an Vaters Zimmertür vorbei. Dann klopfe ich und trete leise ein. Vater raucht die Hängepfeife und schreibt mit einem spitzen Bleistift in gestochener deutscher Schrift. Ich drehe meinen Cicero zwischen den Händen. Vater legt den Bleistift hin, sieht schweigend aus dem Fenster. In der Werse wird sich jetzt die Abendsonne spiegeln, über den Feldern, die der Abendwind leicht anstößt, wird die Luft flimmern. Ich beginne zu übersetzen und schiele meinen Vater von der Seite an. Der schweigt und sieht aus dem Fenster. Ich übersetze weiter. Vater unterbricht: Laß. Wir machen heute kein Latein.

Optime, denke ich, und schlage mein ›De re

publica‹ zu. Als ich schnell aufstehe, fragt Vater: Was ist mit dir? Ich gehe zur Tür und sage: Nichts, was solln schon sein. Er verbäte sich diesen schnoddrigen Ton, er rede ernsthaft mit mir und wolle wissen, was mit mir los sei. Setz dich! Meine Hände beginnen zu schwitzen. Nichts, sage ich, ich weiß wirklich nicht, was los sein soll.

Seit Wochen, sagt Vater und schaut noch immer geradwegs aus dem Fenster, siehst du mich nicht mehr offen und ehrlich an. Du bist frech und antwortest patzig. Daß du nicht in die Kirche gehen willst, ertrage ich, wie ich deine Fratzenschneiderei hinter meinem Rücken ertrage. Das kindische Gehabe geht vorbei. Es geht auch nicht um mich. Du machst mir Sorge, deine Verbocktheit, deine Widerworte, dein Zorn und deine Unzugänglichkeit, es ist, als wenn ein Teufel in dir steckte.

Nun halt aber die Luft an, denke ich und schweige.

Du kommst aus der Schule, knallst deine Tasche in die Ecke und lümmelst dich an den Mittagstisch. Kein freundliches Wort hast du für deine Mutter und mich. Was ist mit dir los?

Ich schweige und wische meine schwitzigen Hände wütend an den Hosenbeinen ab.

Du zerschneidest mir das Herz. Nachts kann ich nicht schlafen aus Sorge um dich.

Ich schweige.

Ich frage dich zum allerletzten Mal: was ist mit dir.

Nichts.

Mein Vater dreht sich mir zu, sieht mich an und schlägt mir ruhig ins Gesicht. Mir kommen die Tränen sofort. Ich schreie: Bleib du mir doch gestohlen mit deiner Sorge und hör auf mit diesem heuchlerischen Getue! Schön salbadern und schlagen, das kannst du, sonst nichts. Mutter läßt du in der Küche sitzen, und um uns kümmerst du dich einen Dreck, in die Kirche sollen wir wetzen, immer nur tun, was du, du willst, und fröhliche Gesichter aufsetzen, laß mich in Ruhe mit deiner Sorge. Vater sieht aus dem Fenster, er hat die Pfeife aus dem Mund genommen und umklammert das Lineal. Er schweigt. Ich traue mich nicht fort und sehe auf den Boden. Er zieht die Schreibtischschublade auf, holt die Bibel heraus, gibt sie mir und sagt: Schlag Mose I, Kap. 32 auf und lies Vers 10 folgende.

Ich schlucke, wische mit dem Handrücken den Rotz auf der Oberlippe fort und lese. Mein Vater sieht dabei aus dem Fenster und umkrampft das Lineal. Ich lese die ganze Geschichte Jakobs mit dem Engel. Als ich aufhöre, beginnt Vater langsam und schwerfällig zu sprechen: Ich will dich nicht tadeln. Ich weiß, daß in unserer Familie nicht alles so ist, wie es sein sollte. Wer ist ohne Fehl?

Wir Menschen sind schwach und Sünder allzumal. Deswegen müssen wir Tag für Tag einander helfen, einander beistehen. Eine dunkle, dämonische Nacht umgibt uns. Die Angst. Wir sind von der Nacht umfangen. Ja, so ist es. Jeden Morgen sitze ich hier und bete zum Vater, daß es mir gelingen möge, meiner Frau ein guter Mann, meinen Kindern ein guter Vater zu sein, einen Tag in Glück und Harmonie zu verbringen. Wie es mich schmerzt, wenn es nicht gelingen mag. Aber wir dürfen nicht aufhören, darum zu ringen. Auch Jakob ist vom Dämon überfallen, auch er ist allein, bei Nacht, voller Angst. Aber Jakob ist nicht ausgewichen, sondern hat sich mitten in seiner dämonischen Angst an die dunkle Gestalt geklammert, und darin wurde ihm Gottes, des wahren Gottes Angesicht offenbar, und seine Seele genas. Du bist unzufrieden, du bist enttäuscht und fühlst dich preisgegeben in einer Welt voller Fehler. Das ist die Angst. Du mußt dich durch sie hindurchringen und dann erblickst du auf dem Grund der dämonischen Angst, des Nihil, des entsetzlichsten Angefochtenseins das Angesicht Gottes. Deus sub cruce absconditus. Daran klammere ich mich. Ich halte fest an dem Kreuz in all meiner Angst und lasse es nicht, bis es mich segnet und meine Seele genesen ist. Glaub mir, wie Jakob trägt man verrenkte Hüften davon. Gott entbirgt sich uns nur durch die fürchterlichsten Qualen hindurch. Gott ist nicht der Liebegott deines schönen Kinderglaubens, mit dem du einmal Lieder geschrieben hast. Du mußt erkennen, daß die Welt Angst ist, Schwäche, Lüge, Neid und Haß. Und dann, dann sieh auf das Kreuz. Mit tödlichem Ernst sage ich dir: In hoc signo vinces, und nur in hoc! Wovon redet er, wirst du vielleicht denken, aber ich rede von dir. Du mußt ein Mann werden, du mußt dich anschicken, wie Jakob zu kämpfen in dieser Welt, in diesem Jammertal, in dem wir nicht träumen dürfen, sondern nur schreien zum Herrn wie Daniel in der Löwengrube. Darum geht es. Deine Maulerei und Muffelei ist nur das Zeichen dafür, daß das Glück deiner Kindheit vorbei ist, nun finde einen Sinn für dein Leben, finde die Kraft des Dennoch. Ich befehle dich in die Hände Gottes, des wahren Gottes, des Gottes Abrahams, Isaaks und Jakobs. Vielleicht finden wir uns einmal in dem Glauben an ihn, erst dann werden wir uns recht verstehen, erst dann finden wir uns endlich ganz und können uns einander bestärken im immer neuen Ringen um den Glauben in aller Anfechtung. Ich wünsche mir dies. Ich freue mich darauf. Denn ich liebe auch dich, mein Sohn.

Mein Vater schaut noch immer aus dem Fenster. Sein Kinn ist unrasiert, die Stoppeln stehen grau.

Unter seinen Augen liegen dunkle Säcke, im kahlen Nacken leuchtet rot die Einheits-Kreuznarbe der Reichswehr, irgendwo steckt aber noch ein Granatsplitter, der durch den Körper wandert, geblutet hat er, sagt er, wie eine Sau. Die Ärmel seiner abgewetzten Jacke sind zerstoßen, an den Ellenbogen fast durch, der Hosenlatz ist abgegriffen, schimmert gelb.

So sitzen wir. Er schaut aus dem Fenster, ich schaue ihn von der Seite an. Dann steht er auf, tritt an seine Bücherregale, redet, erst suchend, dann fest, dann sich übereilend, redet und zeigt auf die Buchrücken, zieht diesen und jenen heraus, schnippt mit den Fingern die Reihen der Luther-Ausgaben entlang, erwähnt Augustin und noch einmal Augustin, ist wieder bei Luther (Wie bekomme ich einen gnädigen Gott), kommt zu Kant und der Transzendentalphilosophie und ist schon, während ich überlege, was der Unterschied zwischen transzendent und transzendental ist, an Schleiermacher und Schopenhauer vorbei und bei Kierkegaard und Heidegger.

Nun hält er ein, schaut mich an, lacht, streicht noch ein paarmal die Buchwände entlang, schüttelt den Kopf, bleibt mitten im Zimmer stehen und blickt vor sich hin. Ich weiß immer noch nicht, was ich machen soll. Da kommt er auf mich zu, legt mir die Hand auf den Kopf, ich fühle sie schwer und warm, das dauert, aber dann klatscht Vater zum Glück in die Hände und lacht: So, Schluß jetzt mit dem geisteswissenschaftlichen Kongreß. Laß uns jetzt einen Skat dreschen, einen richtigen Männer- und Barrasskat.

Ein Bruder und dritter Mann ist immer zur Hand. Mutter sitzt auf dem Sofa und strickt und hört weg. Karo – Knabo; Herz – lich schön singt unser Küster, wenn er gut gefrühstückt hat; Pieck – steckt den Finger in'n Arsch und quiekt; ein Kreuz – ein Leid, ein bitterböses Weib; du hast ihn vorn; die dümmsten Bauern ernten die dicksten Kartoffeln; Arsch in zwei Hälften; Null, wo man keinen haben sull; alle Gewehre aufs Rathaus; Hosen runter; wer ist Zahlmeister?

Und als wir abgerechnet haben, und Vater uns die Zahlschulden wie immer erlassen hat, gibt er uns die Hand und sagt: So, ihr lieben Buben, nun muß ich noch etwas studieren.

In meinem Bett sehe ich Karins Pferdeschwanz vor meinen Augen hin- und hertanzen, ganz dicht, ich rieche beinahe ihre Haare, fast streifen sie mir durchs Gesicht, die Flöte streicht durch eine laue Sommernacht, das Schlagzeug gibt das Stakkato hinein, ich stehe an der Klippe über dem wild rauschenden Meer, lehne mich in den Wind, *Ich lasse mich zerfallen, / ich bleibe dem Ende nah, /*

dann steht zwischen Trümmern und Ballen / eine tiefe Stunde da, ich lehne mich in den Sturm und sehe durch den letzten Widerschein abgesunkener Sonnen einen Amischlitten auf mich zukommen, aus dem quäkende Musik dudelt, ich sehe die schöne Karin aufgedonnert an der Schulter eines kaugummikauenden Baulöwen mit Pfannkuchengesicht schmachten, *dumm sein und Arbeit haben: / das ist das Glück,* ich drehe mich um und gehe, den Wind im Rücken, landeinwärts, barfuß über Eis, durch die Wüste, folge dem Wind und lasse alles hinter mir, *vorbei à bas und nieder / die große Konfession,* schreite unter der sengenden Sonne von Arles durch die schwarzen Zypressen, Vincent neben mir mit blutendem Ohr, der Spiegel und die gekreuzten Rasiermesser, auch Dürer schattet die galligen Augen mit gekrümmter Hand, ich schlage den Kragen des Trenchcoat hoch und ziehe, die Hände in die Taschen gestopft, den Rauch der Filterlosen tief ein, die Augen zusammengekniffen, wir entfernen uns und kommen voran, der Benn dreht sich mir im Kopf und zermalmt Karin, ich dichte in die Wärme meines Kopfkissens und atme Welten ein und aus, Gert Westphal schnoddert hinterdrein: *Ausdruckskrisen und Anfälle von Erotik . . .* Kinder! Kinder!

III

Als der Vater gestorben war, kam ich ins Internat. Tabula rasa und neuer Start.

Den Kopf halte ich zum Zugfenster hinaus. Freiheit. Der Wind klaut mir den Schrei von den Lippen. Münsters Bahnsteig 1 schrumpft, läßt sich nicht mehr unterscheiden, ist verschwunden. Es spielt nicht mehr der Fahrtwind in meinen Haaren, er zerrt, reißt an ihnen und fegt immer schneller den ganzen Münster-Krempel hinter mich ins Gewirr aus Masten und Schienen: Die Schiller-Penne, Preußen Münster, die ›Westfälischen Nachrichten‹, Karin und noch einmal Karin, den Töddenhoek, die schaumig-klebrigen Altbierbowlengläser auf der weitläufigen Messinglandschaft einer münsterschen Theke, an der Poalbürger stehen und sich fragen, ob die Rohrbach ihrem Ollen nun wirklich den Kopf abgesäbelt und seine Beine in den Aasee geworfen hat; fort das mit Droste-Schwermut und Camus-Existentialismus gespickte westfälische Knochenschinkenbewußtsein; weg die geilen Abende an der KÜ mit Mükken und Skat und schnellen Blicken, um die Bewegungen des verknäulten Paares im Busch nicht zu übersehen und eindeutig machen zu können; Busso Peus und Pinkus Müller, Rey und Scheidt: Münster mit all seinen Merkwürdigkeiten kann mir den Buckel runterrutschen.

Freiheit.

Ein Rußkorn fliegt mir ins Auge. Und der Glasurit-Papagei in Hiltrup stinkt erbärmlich. Ich schließe das Fenster. Nur fort! Vorwärts und voran! Durch das schon proletarisch qualmende Hamm, durch diese Ahnungen von Ruhrpott, vorwärts und weiter durch die fette Soester Börde, schnell durch das schwarze Paderborn samt Kardinal und Kasernen. Westfalen ade.

Freiheit.

Der Großbauer Langenkämper, der in Holzschuhen über den kopfsteingepflasterten Hof zur dickbäuchigen Scheune klabastert, der im 200er-Diesel auf den Feldwegen, der Vorstehhund rennt nebenher, den Hof umrundet und prüft, ob auch nirgends ein Loch in der schützenden Buchsbaumhecke geblieben ist, der in den Germania-Krug fährt, vier Bier trinkt und vier Korn und einmal Jaujau seggt, – nein, das war nicht mehr meine Welt.

Nach dem langen Viadukt von Altenbeken öffne ich das Fenster wieder; da kommt es frisch herein von Berg und Wald, der Zug fegt den hessischen Wäldern zu, SPD vorn, weiter voran, vorbei an Warburg (Warburg, war das nicht da, wo der Großvater?) und in geschmeidigen Kurven durch Ober- und Niedervellmar ins rote Kassel hinein (in Kassel wohnte Mutters Vater), der Zug wendet und zieht mich weiter, am Bundesgrenzschutz vorbei und durch Wilhelmshöhe (in Wilhelmshöhe steht der tote Großvater auf dem Balkon und winkt mit den Krücken). Der Großvater. Auch tot.

Rasch trifft der Tod den Menschen an,
Es ist ihm keine Frist gegeben;
Es stürzt ihn mitten in der Bahn,
Es reißt ihn fort vom vollen Leben.

Schiller! Schiller, mein Junge! Das habe ich gelernt, als wir noch einen Kaiser hatten, und ich habe es nicht vergessen. Ja, die Dichter! Wo war ich stehengeblieben? Beim Erbslöh? Unmöglich! Ich wollte dir doch die Geschichte erzählen, wie ich in Wartburg um ein Haar vom Hagel erschlagen worden wäre. Das war, wartemal, das war 1933. Gott, der Hitler. Was ich schon alles erlebt habe in meinem Leben, naja, Schwamm drüber, aber glaub nur nicht, ihr würdet einfach so wegkommen ohne Krieg und Elend, ihr werdet schon noch euer blaues Wunder erleben. Nur gut, daß ich dann tot bin. Wo war ich stehengeblieben? Hitler? Dieser böhmische Gefreite, ein Erzlump war das. Und die Partei ein Haufen von Verbrechern. Kurz und gut . . . , wo war ich stehengeblieben? Warburg? Unmöglich! Ich wollte dir doch von dem Oberkassierer erzählen, ein ganz großer Schlawiner übrigens, Geld unterschlagen, rausgeschmissen stante pede, dann in die Partei und den dicken August markiert, und 45 wollte er einen Persilschein von mir, ich habe nur stumm auf die Tür gezeigt, da war er aber soo klein. Alles Schwindel. Und wird immer schlimmer. Nee, Bruno, ich bin froh, wenn ich tot bin. Keine Moral mehr. Alles marode. Wünsch dir viel Spaß in deinem Leben, hähä. Sieh dir doch nur diesen dicken Kerl da an, der aus Bayern, wie heißt er noch? Vergessen, ich werde alt. Ja, die Welt will betrogen werden, ich wollt, ich wäre tot.

Das Würd'ge scheidet, andre Zeiten kommen,
Es lebt ein anders denkendes Geschlecht!
Unter der Erde schon liegt meine Zeit;
Wohl dem, der mit der neuen nicht mehr
braucht zu leben!

Schiller! Der kannte das Leben. Was wollte ich dir noch erzählen? Erbslöh: Unmöglich! Na, lassen wirs für heute. Gib mir mal die Zeitungen rüber, den ›Spiegel‹ auch, so, und hier haste eine Mark, da kauf dir was von, aber nicht Donäld Döck oder son Dummszeuch, und nu geh:

Sieh vorwärts Werner und nicht hinter dich!

Schon sind wir über Wilhelmshöhe hinaus. Herkules ist längst nicht mehr zu sehen. *Nur weiter, immer weiter.* Freiheit. Neuanfang. Das Leben bildet sich aus mit den Umständen. Erwachsen werden und die Zukunft an den Hörnern packen. Neue Kraft sammeln in der Gemeinschaft mit den Internatsgenossen. Westfälische Individualverhausungen aufbrechen. Gemeinsam zu sich kommen und einen großen Schritt nach vorne tun. Die neue Generation geht ihren Weg. Fortschreiten. Aufrecht und unbeirrt. *Vorwärts liegt Hohentwiel, hinten die Graubündner Berge im Dunst am Horizont.* Widerstände überwinden. Der Vater. Sich in neuen Erfahrungen bilden. Jeden Morgen neu. Der Vater. Charakter ist, wenn man in geduldiger Beharrlichkeit Pakete und Stiefel aufknöpft. Der Vater.

Als ich ihn zum letzten Mal sah – ich hatte mich beim Klinikpförtner nach dem Weg zu ihm erkundigen müssen, überall der kranke Geruch, das Stöckeln der Krankenschwester durch den langen Gang mit fensterlosen Türen, Zimmernummern, ein leicht blutiger Wattebausch auf einem silbernen Tablett. Als ich an die Tür klopfte, keine Antwort. Er saß im Bademantel auf dem Balkon und trug einen wilden, grauen Bart. Ein geschlagener Partisan. Wie im Krieg, sagte er. Seine schwerfällig gewordenen Finger versuchte er in der Sonne spielen zu lassen. Es ging nicht, und er legte die ungefügen Hände auf die Lehne des Korbstuhls zurück. Das Krankenhaus sei wie ein Gefängnis, alles sei wie ein Gefängnis, lahmgelegt, verhindert, aber bald sei es ja sowieso endgültig vorbei. Er schaute in die Bäume des Krankenhausgartens. Ich redete so rum, er komme doch bald nach Hause, es ginge schon weiter. Ich glaubte, er mache ganz schön Theater; Kreislauf war ja wohl mehr eine Gemütssache, Herzgeschichten. Mir war das alles peinlich, wie sollte ich ihn denn trösten, außerdem wollte ich ins Kino, ›Hiroshima mon amour‹. Wir schwiegen.

Sein Vater sei ein strenger Kerl gewesen. Manchmal sei er als Hausvater selbst hinter den Ochsen hergegangen und habe den sandigen Boden mit Heide und Krüppelkiefern gepflügt und urbar gemacht.

Er sprach langsam. Große Pausen, in denen er auf seine Pfeife sah, die er nicht mehr rauchen durfte, aber immer mit sich herumtrug und in den Händen drehte.

Auf die Brüder der Landstraße in der Arbeiterkolonie sei kein Verlaß gewesen. Rauhe Burschen. Spiritussäufer. Quartalszigeuner. Er wisse noch, wie sie elektrisches Licht bekommen hätten. Den ganzen Abend hätten sie an dem Schalter herumgespielt, bis der Vater gekommen sei und ihnen in den Nacken geschlagen habe.

Er schaute mir ins Gesicht mit seinen farblos gewordenen Augen, ließ mich nicht aus dem Blick und heulte plötzlich. Er entschuldigte sich. Ihm gerate alles aus den Fugen.

Einmal in der Woche seien sie auf dem Pferdefuhrwerk nach Bethel gefahren und hätten eingekauft: Brot, Marmelade und Kunsthonig. Er hätte Gärtner werden sollen statt Wissenschaftler, vielleicht wäre dann alles besser gekommen.

Was sollte ich darauf schon sagen? Außerdem wollte ich ins Kino. Die Namen der Nachbarn: Buschtöns, Habichshorst, Bastert, Schilling, Schweinefuß. Auf dem Fahrrad mit der Karbidlampe nach Bielefeld in das Gymnasium. Der ängstliche Besuch beim vornehmen Klassenkameraden, ein Diener öffnet, Robert Havemann in einem großen, kühlen Zimmer für sich alleine. Der lange Krieg. So viel erlebt. Was er sich jetzt noch von Gott wünsche, sei ein gnädiger Tod.

Da kamen ihm die Worte schon zerquetscht über die Lippen. Abends konnten wir ihn oft gar nicht mehr verstehen. Mit dem Schreiben ging es auch nicht mehr so richtig. Zittrige Großbuchstaben mit dem Schulfüller wie ein Anfänger. Er las nicht mehr viel. Ein Fernseher wurde angeschafft. Die Krimis kapierte er nicht und schlief ein. Plötzlich, beim Essen oder Fernsehen ergriff er meine Hand und ließ sie nicht mehr los. Keine Geschichten mehr, nur noch Brocken von ganz früher. Ich verabschiedete mich. Er sagte: Machs wie Till Eulenspiegel, jammre, wenn es bergab geht und leicht ist, denn dann gehts auch wieder bergauf; lache, wenn es mühselig bergauf geht, dann gehts auch wieder bergab; so macht man alles schön. Er lachte auf, ganz kurz nur, dann gab er mir traurig die Hand und drehte den Kopf weg. Ich ging ins Kino. Mein schlechtes Gewissen im Magen verlor sich nach der Vorschau.

Als er das Krankenhaus verließ, war ich auf Klassenfahrt. Er soll seinen verordneten Spaziergang abgeschlurft haben mit gesenktem Blick. Es war in der Marienthalstraße. Er müsse etwas geahnt haben, er sei noch in einen Laden gestürzt, habe etwas sagen wollen, sei aber, die Klinke noch in der Hand, hingeschlagen und müsse sofort tot gewesen sein. Die Ladenmädchen sollen geschrien haben. Nach ein paar Stunden rief die Polizei bei uns an. Identifizierung müsse nun einmal sein. Mutter ging hin. Er lag nackt aufgebahrt im Krankenhaus. Er war es und habe, sagte die Mutter, ausgesehen, als ob er schliefe. Den Ehering, den Doktorring, die Sprungdeckeluhr brachte sie mit. Beim Aufräumen fand ich zwei Hefte ›Gedichte im Kriege‹: *Wahres Leben / Am Rande der Welt / Winter in Rußland / Gnadenstunden / Kameraden / Vor der Entscheidung / Lob Gottes im Kriege / 1944 / Verzagt / Am Ende / Amor celestis:*

Halte still,
Halte still!
Schicke dich, wie Gott es will.

Am meisten erzählt die Mutter vom Krieg: Aus Berlin evakuiert im Januar 45 am Müritz-See, wo Vater den letzten Einsatz leicht verwundet abwartet. Die Goldfasane flohen schon nach Westen, nun macht schnell, daß ihr fortkommt, sagte Vater, wenn der Krieg zuende ist, treffen wir uns in München. Der einzige Zug fuhr nach Berlin. In einer Schule haben wir geschlafen, die Brüder und ich. Eine S-Bahn fuhr bis Spandau, von dort an gings zu Fuß weiter, die Brüder im Kinderwagen, du im Bauch. Nachts holten die Russen uns aus den Häusern, da half die Schwangerschaft nichts. Einer schenkte uns eine Tüte voller Zucker und Ameisen. Auf einem Anstaltsgut haben wir das Frühjahr abgewartet. Die Erdbeerernte war wunderschön. Die Frau des Verwalters hat uns und den italienischen Zwangsarbeitern nicht einmal die vorgeschriebene Ration rausgerückt, obwohl 1000 Zentner Kartoffeln in der Miete lagen, der Boden voller Schinken und Wurst, der Keller voller Eier und Konserven. Die Russen keine 20 Kilometer weit mehr weg. Der Verwalter schrie seine geizige Frau an, die rückte aber die Schlüssel nicht raus. Dann war der Krieg auch hier zuende, und die Russen haben den Verwalter erschossen und die Frau davongejagt. Einmal kam ein Güterzug vorbei, halbvoll mit Kartoffeln, die Brüder rauf, den Kinderwagen rauf, ich mit dem dicken Bauch hinterher. Der Zug fuhr nach Berlin. Leere, möblierte Judenwohnungen hätte es genug gegeben, aber das brachte ich nicht fertig, ich holte mir auf der Kommandantur einen Reiseschein nach München. In einem offenen Güterwagen, direkt hinter der Lok, ging es los, wir waren im Nu kohlrabenschwarz. Keiner wußte, wohin. Dann waren wir in Magdeburg. Wie die Heringe schliefen wir im Bahnhof, die letzten Krümel Grieß aus den Manteltaschen ließen wir aufquellen am tröpfelnden Hahn im Klo. Einmal kam ein Italienerzug, der die Zwangsarbeiter nach Hause fuhr, den stürmten die Flüchtlinge, die ganzen Trittbretter dichtgedrängt voll, uns haben die Italiener ins Abteil geholt und Brot geschenkt, da war ich schon im neunten Monat. Vor Hof holten uns die Russen aus dem Zug und kontrollierten. Wir durften weiter, zu den Amerikanern. Doch der Zug war längst fort. So bist du in Hof geboren.

Als ich auf den verkrauteten Bahnsteig springe, ist der voller zukünftiger Kameraden, die sich die Pfoten quetschen und laut Hallo schreien, Palaver, Getue, hohle Reden, am liebsten stiege ich wieder in den Zug, ich verberge mich hinter der ›Zeit‹ und bleibe für mich, bis der Bahnsteig wieder leer ist, der Zug ist schon fort, die Schienen singen nicht mehr, Spatzen zwischen den Gleisen, ein bißchen leerer Bahnhofswind. Der Mann mit der roten Mütze wechselt die Schilder. Ich rauche und möchte auf meinem Koffer alt werden. Gebrasa-Wolle, Eckstein No 5, schwach nur überpinselt: Die Räder müssen rollen für den Sieg.

Der Bus ins Internat ist schon lange fort. Der Weg zum Laufen zu weit. Geld für ein Taxi habe ich nicht. Trampen traue ich mich nicht. Und wieder ist die Zukunft nicht mehr das, was sie eben noch war.

IV

Tageslauf:

6.20: erstes Klingeln und aufstehen. 6.25: zweites Klingeln und waschen. 6.40: erster, 6.43: zweiter Gong zum Frühstück. 6.45 werden die Türen zum Speiseraum verschlossen. Hinstellen. Bimmeln. Beten. Hinsetzen. Essen (Spelzhaferflocken, Margarinebrot, Muckefuck). Bimmeln. Aufstehen. Beten. Bis zum ersten Klingeln um 7.18 ist a) die Stube zu fegen, und b) die Stube aufzuräumen (Kleidungsstücke gehören in den Spind!), und c) die Bettspreite korrekt über das Bett zu breiten, und d) der Schulweg anzutreten. 7.23: zweites Klingeln. Die Schule beginnt mit der Andacht. Sobald die Glocke ertönt, begeben wir uns schweigend (Gesangbuch nicht vergessen!) in den Andachtsraum und stellen uns auf. Posaunenchor und Orgel. Singen. Lesung. Beten. Singen. Posaunenchor und Orgel. 7.50: Unterrichtsbeginn. Das Mädchen an der Orgel ist in meiner Klasse und heißt Gertrud.

Von 14.00 bis 16.00 ist Studium: den Schulaufgaben wird entweder am Pult in der Stube oder in dem Bibliotheksraum des Heimes oder in demjenigen der Schule nachgegangen. Jegliches Herumgehen während des Studiums ist untersagt (Geht gefälligst vorher oder nachher pinkeln!). 18.30: Abendessen. 22.00: Licht aus und absolute Bettruhe.

Geh' aus mein Herz und suche.

Diese vielen fremden Menschen um mich herum, ständig. Wenn ich nur kann, ziehe ich meine festen Schuhe an und laufe weg. Schreite durchs Gebirg. Sich verlieren in Wäldern, in Tälern mit forellenreichen Bächen, Wüsteneien entdecken, Grabsteine aus dem 30jährigen Krieg in blumensattem Gras. Natur! Und was ist das für eine Landschaft: nicht die platten westfälischen Weiden mit den Zäunen drumherum, mal fünf Bäume und ein Weißdorn, Bremsen darüber und der von Kühen angewärmte Wind von der Ems her. Hier kann ich mich verlaufen zwischen Schubert, Eichendorff und mir. Sich in einer Lichtung auf einen moosigen Baumstumpf setzen, die Seele ausspannen und dichten, indem ich die Augen leicht zukneife, den Kopf anhebe, tief einatme und um Worte ringe. Doch es fallen mir nur Heine und Trakl ein. Und Benn. Mit dem Schuh schabe ich Viertelkreise in den

Waldboden. *Flüchtiger, du mußt die Augen schließen, / denn was eindringt, ist kein Großes Los.*

Primitivste Regeln des Anstands.

Wer beim zweiten Klingeln nicht aus dem Bett ist, kann vom Erzieher vom Dienst (EvD) zum zusätzlichen Arbeitsdienst eingeteilt werden. Wer zu spät zu den Mahlzeiten erscheint, kann vom Essen ausgeschlossen werden (Der Anmarschweg der Mädchen vom Mädchenheim zum Speisesaal im Jungenheim ist kein, ich sage das laut und deutlich: kéin Entschuldigungsgrund). Wer das Heim bis 7.23 nicht verlassen hat oder es vor Unterrichtsende betritt, kann vom EvD zum zusätzlichen Arbeitsdienst eingeteilt werden. Jedem Erwachsenen, dem wir auf dem Heim- und Schulgelände begegnen, ist freundlichst die Tageszeit zu entbieten. Es gibt minimale Erfordernisse des Anstandes, darüber brauchen wir gar nicht erst zu debattieren. Alle elektrischen Geräte, álle, sind verboten. Rauchen kommt gar nicht in Frage, Punktum. Kurt Hahn ist übrigens als Person und als Pädagoge jemand, vor dem wir nur ganz tief den Hut ziehen können. Kein gewissenhafter Schüler kommt mit den zwei Stunden Studium aus; Freizeit heißt auch nicht herumlungern, vielmehr freie Nutzung zu sinnvoller Arbeit (Frei wozu und nicht: frei wovon!). Natürlich hat kein

Mensch was dagegen, wenn Jungen und Mädchen auf saubere Weise mal miteinander umgehen, aber der Aufenthalt der Mädchen im Jungenheim, der Aufenthalt der Jungen im Mädchenheim, das paarweise Herumdrücken im Wald ist und bleibt verboten, damit das klar ist. Nicht alles, was Mode ist, ist auch modern. Lange Haare, die bis zum Hemdkragen reichen, sind einfach widerlich. Und eine Gemeinschaft hat auch Mittel, sich gegen die zu wehren, die sich nicht in sie einfügen wollen. Wer nicht zu uns paßt, muß die Koffer packen. Niemand verlangt von euch, daß ihr euren Glauben vor euch hertragt wie den Kölner Dom, aber es gibt eine unverzichtbare innere christliche und protestantische Haltung. Im Radiozimmer liegen ›Christ und Welt‹ und die FAZ aus, schmutzige und kommunistische Blätter können wir nicht dulden, das hat überhaupt gar nichts mit Meinungsfreiheit zu tun, da irrt ihr euch aber ganz gewaltig, gánz gewaltig. Die Teilnahme am regelmäßigen Arbeitsdienst ist selbstverständlich. Und wer sich an die Regeln unserer Gemeinschaft hält, braucht keinen zusätzlichen Arbeitsdienst oder Ausgangs- und Urlaubssperre zu fürchten.

Wir können sehr gut miteinander auskommen, wenn ihr nur ein bißchen Entgegenkommen zeigt.

Auf Pegasus ins Freie.

Das Fahrrad ist die Freiheit – wenn einem nicht gerade das Ventil geklaut worden ist. Ich kann mit dem Fahrrad im Nu aus dem Sichtkreis des Heimes verschwinden. Durch die Felder bis hinter den nächsten Berg. Da lege ich mich ins Gras, suche die trällernden Lerchen im Himmel, schnipse eine Ameise vom Bein und lese. Ich sitze mit Oskar unter dem Tisch, auf dem Mama mit Matzerath und dem schönen Bronski Skat spielt, gehe mit Böll durch das heilige Köln, bin einsam, aber ehrlich, habe den Mantelkragen hochgeschlagen, esse eine Wurst am Stand und erkenne in der Wurstverkäuferin das Arbeitermädel von damals aus der Widerstandszeit, ich stecke mir eine an, schaue in den dreckigen Rhein und lasse mir Benn in der Seele wie Butter zergehen, diskutiere mit Brecht über den Humanismus und nähere mich endlich Thomas Mann mit Buntstiften, um die Symbolbezüge herauszuarbeiten. Auf der Rückfahrt überholt mich eine Gruppe von Heimsern, die aus dem Schwimmbad kommt. Sie klingeln und rufen: Na! Das Orgelmädchen ist auch dabei.

Hackordnung.

Wir wohnen zu zehn Obersekundanern in einem Zimmer, das gerammelt voll ist von Doppeldekkerbetten, Pulten, Stühlen, Spinden; kein Platz an der Wand für ein Foto. Wir Neuen liegen in den Betten, die uns die Alten übriggelassen haben, weil es ihnen zieht, weil Gefahr besteht, daß der Obermann nachts sich wälzt, weil der EvD es beim ersten Schritt in die Bude einsehen kann. Wir Neuen haben kein Pult in der Stube, arbeiten und briefschreiben können wir ja in der Bibliothek und sonst müssen wir halt sehen, wo wir unseren Schreibkram und die drei Bücher unterbringen. Wir Neuen haben keinen Spind in der Stube, sondern auf dem Flur. Wir Neuen stehen immer irgendwo herum, wo einer seinen Stammplatz immer und ewig schon hatte. Wir Neuen sperren die Ohren weit auf, wenn die Alten die Erfahrungskiste auspacken, und lachen laut, wenn ein Alter einen Witz macht. So geht das den ganzen Tag:

Komm, fort da, in dem Lokus scheiß ich schon seit 33.

Ei, Mensch, was stehste denn so blöd rum, haste nix zu schaffen!

Zuhörn, Frischlinge: Wer besorgt Vatter heute Tee und Zucker, avanti!

Ich glaub ich spinne, ja Kruzitürken, ich glaub mein Riemen eitert, was seh ich denn da: Wer hat seine Rotzfahne auf méin Pult gelegt, he!

Und wenn ich jetzt noch eine Fliege ficken höre, dann tuts einen Schlag, einen Schlág tuts dann!

Wenn der Erzieher das Licht ausgedreht und

sein Angenehmeruh abgefeuert hat, liege ich da mit meiner trostlos einsamen Versteifung, presse den Hintern zusammen, daß mir keiner entfahre (das steht nur den Alten zu), und fürchte mich vor dem Augenblick, in dem neben mir der Stubenboß auftaucht mit der Taschenlampe unter dem Gesicht, daß er Grimassen zieht und faucht, mir die Bettdecke wegzieht und mich zum allgemeinen Gaudi (Wichs ihn, wichs ihn) durch die dunkle Stube hetzt.

Duschtag.

Wir stehen nackt in dichten Reihen in einem niedrigen, dunstigen Kellerraum und jeder versucht, seinen Schwanz heimlich vergleichenden Blicken zu entziehen. Ein Oberprimaner gibt Kommandos und läßt mit einem »Runter mit dem Dreck, ihr Säue« heißes Wasser über uns laufen, dann kaltes (Hart wie Kruppstahl, zäh wie Leder und schnell wie Windhunde wünsch ich mir meine deutschen Jungs), dann schreit er: Wechselbad, und wir werden wieder verbrüht, schließlich brüllt er: Schlußbukett, und läßt uns im eiskalten Schauer stehen.

Alle brüllen und fluchen, der Raum dampft, aber explodiert nicht.

Eßkultur.

Mit einem Stubenkameraden habe ich Streit.

Beim Mittagessen rafft er sich das feisteste Kotelett von der Platte, obwohl ich vor ihm dran bin. Reicht einfach vor mir her und angelt sich das Fleisch. Das ist ein starkes Stück. Es wird nun einmal nach der Sitzordnung genommen, da kann doch nicht jeder machen, was er will, wo kämen wir denn da hin! Er knurrt und meckert, ich solle mal nicht so eine dicke Lippe riskieren. Ich wurde wütend und habe ihm eine verpaßt. Jetzt hat er die dicke Lippe und ist sauer, weil er doch am Wochenende nach Hause fahren und mit seiner Freundin rumknutschen wollte. Er macht sich kalte Umschläge auf der Oberlippe.

Wir reden kein Wort mehr miteinander. Er steht morgens neben mir am Waschbecken, putzt sich die Zähne, und wir sehen uns nicht an. Wir kramen nebeneinander in unseren Spinden und schweigen. In der Schule sitzen wir nebeneinander, sehen weg und achten auf die Einhaltung unserer Pultgrenzen.

Nachmittags sehe ich ihn von ferne durch den Wald laufen.

Einsamer nie.

Da liege ich nun im späten Gras und schaue in den milchigen Himmel. Hier liegenbleiben, einfach und für immer liegenbleiben. Moos zwischen die Zehen und in den Hintern wachsen lassen, langsam zu Erde werden. Oder an dem Ast da hängen mit blauer Zunge. Oder in dem Bach da liegen mit gedunsenem Leib und Wasserläufern im Spinnennetz der treibenden Haare.

Und gefunden werden. Für die Länge eines stillen, geflüsterreichen Abends schreckliches Mitleid erregen im Heim. Auch im Mädchenheim.

Verkehrsformen.

Ei, peck mich nich an, heißt es, wenn ich im schmalen Flur im Vorübergehen jemanden streife.

Tatsch mich bloß nich an, heißt es, wenn ich meinen Tischnachbarn versehentlich am Arm fasse und um die Margarine bitte.

Willste mich verführen, heißt es, wenn ich im Waschraum die Schlafanzughose bis zum Ansatz der Schamhaare habe rutschen lassen.

Nimm nur deine warmen Griffel weg, Schwuli, sage ich, wenn ich jemand hinter dem Schweinestall Feuer gebe und der dabei meine Hand festhält.

Tag- und Nachtträume.

Nach dem Mittagessen, wenn wir mit vollem Ranzen auf unseren Eisenbetten liegen, passiert es schon mal, daß einer sich plötzlich wälzt, herumwirft, mit dem Arm schlägt, rammelt und ins Kissen IMF schreit. Und nach und nach, erst zögernd, dann losbrechend wie eine Springflut, wälzen wir uns alle auf unseren Betten und schreien IMF in unsere Kissen und hacken mit feurigen Hintern auf unsere Deckenbräute ein.

Nachts kommt es schon mal vor, daß einer sich zum Spind schleicht und seine Schlafanzughose wechselt. Darüber verliert keiner ein Wort. Unsere Nachtträume gehen nur uns etwas an.

Unheimlich einen draufmachen.

Ein Stubenkamerad hat Geburtstag. Die ganze Bude ist mit Musik und Tritt-Marsch in eine Dorfkneipe gezogen. Wir haben einen Stiefel getrunken. Und noch einen. Einer hat gewettet, daß er zehn Mohrenköpfe in der Minute schafft. Er hats geschafft, aber das Zeug kam ihm zur Nase wieder raus. Als er noch eine Flasche Bier hintendrauf ex-trinken wollte, hat er gereihert wien Wasserspeier. Den größten Spaß hatte der Wirt. Mensch, schrie er, Jungs, ihr seid noch Kerle. Er schmiß eine Runde, und wir tranken alle auf Adolf. Der Wirt war so blau, daß wir ihn um die halbe Zeche beschissen haben.

So laut wir konnten, brüllten wir auf dem Heimweg ›Brüder, zur Sonne, zur Freiheit‹ und ›Bandièra rossa‹. Jeder, der pinkeln wollte, mußte zuerst einen Straßenpfahl ausreißen. Wo eine volle Blase, da ist auch ein Wille. Weil uns der

EvD nicht hören, sehen und riechen durfte, kletterten wir über den Balkon ins Heim. In den Betten haben wir noch solange Witze erzählt, bis der Erzieher kam und mit Arbeitsdienst drohte.

Unkraut muß ausgemerzt werden.

Drei Jungen sind beim Rauchen hinter dem Schweinestall erwischt worden. Einer hatte noch dazu ein Mädchen an der Hand. Die zwei, die nur geraucht haben, sind verwarnt worden. Der mit dem Mädchen ist fällig: er muß die Koffer packen, schließlich ist er erst vor einem halben Jahr erwischt worden, als er nachts aus dem Heim klettern wollte. Der Chef kommt zur Heimversammlung im Speisesaal: Verantwortung, Rechtschaffenheit, Redlichkeit gegen Vertrauen, Pflicht gegenüber Eltern, sauber, offen, ehrlich, aufrecht, gesund an Leib únd Seele, Unkraut muß ausgemerzt werden, sonst verpestet es den ganzen Garten. Uns allen geht die Muffe. Wer wird der nächste sein?

Dem, der flog, packten wir den Spind aus, holten ihm die Schuhe aus dem Schuhkeller. Wir begleiteten ihn auf unseren Fahrrädern durch den Wald, auf dem krautigen einen Bahnsteig klopften wir ihm auf die Schultern und drückten ihm zum letzten Mal und etwas neidisch die Hand. Danach gingen wir trotzig in die Wirtschaft, tranken Bier und sannen auf Rache. Was soll man nur machen? Die Lehrer und Eltern halten zusammen. Das einzige, was nützte, wäre, wenn die ganze Sauerei im ›Spiegel‹ stände. Ja, den ›Spiegel‹ müßte man benachrichtigen. Überhaupt der ›Spiegel‹, der ist doch noch das einzig Senkrechte in dieser Scheiß-Bundesrepublik. Daß der Adenauer den verbieten will und den Augstein einsperrt, ist ja wieder typisch. Mann, o Mann, ist das eine deutsche Kacke. Wenn der Strauß Bundeskanzler wird, wandern wir aus, ehrlich.

Als wir das Heim betraten, stand der EvD schon mit dem Gong zum Abendessen in der Hand lauernd herum. Wir hielten unseren Bier- und Zigarettenatem an, bis wir auf unserer Stube waren.

Ein Neuer!

Im freigewordenen Bett liegt ein Neuer. Wir haben ihm eingeredet, daß es in diesem christlichen Haus üblich sei, laut ein Nachtgebet vorzusprechen. Heute sei er dran. Der Neue krümmt sich, drückt sich rum, will nicht gleich beim ersten Mal selbst beten müssen, wisse auch nichts undsoweiter. Es hilft nichts: er muß. Endlich faltet er die Hände und betet: *Ich bin klein, mein Herz mach rein, soll niemand drin wohnen als Jesus allein.* Das gab ein Hallo. Endlich hatten wir mal wieder was zu lachen. Und seinen Spitznamen hat der weg: Jesulein.

Kuba-Krise.

Die sowjetischen Schiffe rücken Kuba immer näher, auf den Luftbildern kann man die Raketen deutlich erkennen. In der Schule diskutieren wir, ob die Sowjets oder die Amerikaner daran schuld haben, daß wir demnächst in die Luft fliegen. Die Lehrer triumphieren: da sähen wir das wahre Gesicht des Kommunismus. Wir haben auch Angst, aber wenn der Bolschewismus auch schlecht ist, dann kann der Kommunismus als Idee trotzdem gut sein.

Besorgte Eltern holen ihre Kinder ab, weil sie die letzten Tage zusammen verbringen möchten. In der Zeitung ist zu lesen, daß man damit rechnen müsse, daß im Ruhrgebiet und im Frankfurter Raum dicke Bomben fielen. Dann würden uns die Druck-, Hitze- und Strahlenwellen nur abgeschwächt erwischen. Wir haben eine geringe Überlebenschance. Plastiksäcke werden gehortet, um im Notfall Wasser und Luft vor den Strahlen in der Erde vergraben zu können (Schaufeln bereithalten!). Wenn die Atomwelle kommt, am besten unter eine Tür treten oder unter den Tisch legen! Ein ständiger Radioposten wird eingeteilt, der im Falle des Falles die Sirene unverzüglich betätigen soll. Ausgehverbot. Wir sitzen auf den Betten und erzählen uns, was wir am liebsten als letztes täten: den Arsch knallvoll saufen; in einem VW-Cabrio, der einen Porsche-Motor hat, über die Autobahn mit 200 Sachen; ins Mädchenheim einfallen wie der Fuchs in den Hühnerhof; die Lehrer breitbeinig an die Wand stellen und ihnen mit einer Eisenstange, zack, die Eier zermatschen; mit Gertrud, dem Orgelmädchen, durch den Herbstwald, dort schwimmen jetzt in Hohlwegen voller Nebel rote, gelbe und braune Blätter. Das Ärgerlichste ist, daß, während wir verseucht zusammenschrumpfen, Strauß und Adenauer im Atombunker sitzen und die Notstandsgesetze für danach verschärfen.

Die Wichte.

Morgens, wenn die Unterstüfler auf den Fluren rumtoben, schnappt man sich so einen Wicht bei den Ohren und zerrt ihn in die Stube zum Fegen. Wenn er mosert, kriegt er einen an den Kopf. Das macht denen gar nichts; ganz im Gegenteil, diese Stubenfüchse sind anhänglich wie Kletten und bringen einem schon mal eine Dauerwurst von zu Hause mit.

Pardon wird nicht gegeben.

Die Lage spitzt sich zu. Einen haben sie beim

Lesen von ›Pardon‹ erwischt. Dieses pornographische Hetzblatt will ich hier nicht mehr sehen, Punktum. Nun bekommt der kein Taschengeld ausbezahlt. Einen anderen haben sie erwischt, als er unter der Bettdecke auf seinem Transistorradio ein Fußballspiel hörte. Das verbotene Radio wurde konfisziert, dazu eine Woche Arbeitsdienst. Und weil die Stube nicht gemeldet hat, daß einer ein Radio besitzt, darf die ganze Stube nicht mehr abends die Tagesschau sehen.

Frevel.

Beim Klassenfest unserer Parallelklasse soll ein Junge einem Mädchen, dem schlecht geworden war, draußen an die Brust gefaßt haben. Ein Bauer hats gesehen. Der Bauer hats dem Lehrer, der in dem Dorf wohnt, erzählt. Der Lehrer dem Direktor. Der Direktor hat »Orgie!« geschrien und eine Elternversammlung einberufen. Die Elternversammlung hat rückhaltlos die Maßnahmen der Schulleitung unterstützt und ihren Dank für das rasche und energische Eingreifen gegen die zunehmende Verwahrlosung und Haltlosigkeit der Jugend ausgesprochen. Der Junge ist geflogen. Und weil sich an die Brust fassen zu lassen auch ein Vergehen ist, darf das Mädchen die Schule nur noch als Externe besuchen.

Unsere Stube geht in schwarzen Anzügen in den

Unterricht. Die Mitschüler starren uns an; die Heimser bewundern unseren Mut, die Externen fragen neugierig. Ein Lehrer wackelt bedenklich mit dem Kopf. Wir haben Angst. Schon in der ersten Stunde betritt mit gesenktem Kopf stürmisch der Direktor unseren Klassenraum, er reißt sich die Brille von der Nase, stößt auf uns zu und fragt:

Was habt ihr da an?

Herr Direktor, wir finden es nicht richtig ...

Was habt ihr da an?

Schwarze Anzüge.

Zu welchem Anlaß trägt man schwarze Anzüge und Schlipse?

Herr Direktor, wir möchten unseren Protest ...

Zu welchem Anlaß, habe ich gefragt!

Bei Beerdigungen.

Was ist eine Beerdigung?

Herr Direktor ...

Eine Beerdigung ist der Abschied von einem Menschen, den Gott für immer zu sich geholt hat. Wen hat Gott zu sich geholt?

Niemand, Herr Direktor, aber wir meinen ...

Ihr habt, jetzt schreit der Direktor ein bißchen, Frevel getrieben mit einer ernsten Sache. Damit ihr darüber nachdenken könnt, verlaßt ihr sofort den Unterricht, begebt euch in eure Zimmer. Der Wochenendurlaub ist für einen Monat gestrichen. Fahren Sie bitte fort, Herr Kollege.

Guten Morgen.

Guten Morgen, Herr Direktor.

Lichtblicke.

Nachts hören wir die Mäuse in den Wänden tanzen. Eine richtige Mäuseplage ist ausgebrochen. Mit Latten schlagen wir die Viecher auf den abgeernteten Feldern tot. Die toten Mäuse kann man Sextanern ins Bett packen oder unserem Muttersöhnchen ins Federmäppchen stecken, der hats mit dem Herzen und wird so schön blau, wenn er den Füller holen will und eine Maus findet, die ihn herzig anguckt. Man kann sie auch in die Kolonne der Mädchen schmeißen, die zum Jungenheim zum Mittagessen heruntermarschiert kommen, die kreischen und verlieren den Appetit, so gewinnt man noch übrigbleibende Spiegeleier dazu. Am besten aber ist es, wenn man seine Groschen zusammenlegt und für zehn Mark wettet, daß Bimbo die tote Maus nicht herunterschluckt. Die zehn Mark sind dann zwar weg, aber die Maus auch.

Frage nach dem Sinn von Sein.

Wegen einer Nierenbeckenentzündung bin ich für einige Zeit vom Sport freigestellt worden. Nun bin ich frei. Schön ist es, während die andern am Reck unterschwingen, durch den Wald zu gehen und die ersten Anemonen zu entdecken. Schön ist es, im ausgestorbenen Heim vormittags am Tisch unserer gemütlichen 3-Primaner-Bude zu sitzen und die ›Menschheitsdämmerung‹ zu lesen. Sollen die andern doch ihre sportlichen Körper durch die Luft werfen, ich halte es mit dem Geist und Jakob van Hoddis:

Dem Bürger fliegt vom spitzen Kopf der Hut,
In allen Lüften hallt es wie Geschrei.
Dachdecker stürzen ab und gehn entzwei,
Und an den Küsten – liest man – steigt die Flut.

Überhaupt Lesen und Schreiben: das ist das Leben. Das Schönste wäre, nur immer lesen und schreiben zu können. Stattdessen geht man auf im Äußeren, paukt Wissen ein, das man wieder vergessen wird, weil es nur der Selbstbefriedigung der Lehrer dient; stattdessen arbeitet man in der SMV, die bei den Lehrern nichts erreicht und die meisten andern Schüler nicht interessiert. Das Eigentliche kommt zu kurz. Wir Modernen verlieren uns im äußeren Dasein, im Verwalten, in der Sorge, in der Funktion. Unsere Gesellschaft hat die schlechte Notwendigkeit des Materiellen und die menschliche Gleichgültigkeit an die Stelle des Willens zum Selbstsein gesetzt. Je mehr man das Äußere von sich abstreift und das Eigentliche entdeckt, um so mehr stößt man zur Wahrheit durch. Und ist Dichtung anderes als Wahrheit in einem tieferen Sinn?

Musterung.

Wie die Idioten rasten wir morgens mit den Rädern in die Kreisstadt zur Musterung, um uns schnell noch ein bißchen Herzflattern zu holen. Doch Mogelei war gar nicht nötig, sie haben großzügig ausgemustert, weil dem Bund noch Kasernen fehlen. Aber so spaßig wie im ›Felix Krull‹ war es nicht. Und wenn ich nicht gewußt hätte, daß der Weißkittel, wenn er sagt: Schauen Sie mal an die Decke, einem an die Eier packt, hätte ich mich fürchterlich erschrocken. Wenn sie mich wegen Nierenkrankheit, Plattfüßen und Knallwaden nicht ausgemustert hätten, wäre ich Kriegsdienstverweigerer geworden. Sollen die das Land ohne mich gegen die Kumnisten verteidigen.

Wir hatten den ganzen Tag frei bekommen und nach der Musterung eine Fete organisiert bei einem Externen. Der hatte Vaters Hobby-Keller verdunkelt, damit es ein wenig schummrig wäre, wenn wir am hellichten Nachmittag mit dem Schwoof anfingen. Ein paar Mädchen hatte er auch aufgetan. Leider zu wenige für uns Dutzend Spitzhengste. So tanzten wir, als wir uns durch genug Bier frei gemacht hatten, abwechselnd mit den Mädchen in den dusteren Ecken Dauerblues mit Gammelpendeln und versuchten, ein bißchen zu drücken, was wir mit vorsichtigem Abstand im Arm hielten, um mancherlei zu spüren. Stickig wurde es, und die roten Birnen glühten sinnlich, *I wanna hold Your hae-hae-hae-hand,* doch die Mädchen behielten steife Rücken, ließen sich nicht pressen, und immer schrie schon ein Wartender: He, laß mich mal ran. Jemand tanzte schon besoffen solo, und das Haiti-Hemd war ihm aus den Bermuda-Shorts gerutscht, *come on come on come on come on / please please me oh yeh like I please You,* und einer machte die Bierflasche mit den Zähnen auf und trank aus einem Glas, ohne es mit den Händen zu berühren, jemand rauchte drei Zigaretten auf einmal, ich sah nur noch ungenau die drei Glühpunkte aufleuchten bei jedem Zug, ein Mädchen kreischte: Mach mir doch keinen Knutschfleck, du Sau, meinste, ich will deinetwegen ne Woche mitm Rollkragen rumlaufen; der Keller dampft, ich tanze zwei Drehungen und werde abgeklatscht, ich erwische ein aufgeweichtes Leberwurstbrot und hole mir eine neue Flasche Bier, ich stolpere über irgendeinen, der schreit: Paß doch auf, Idiot, schon liege ich flach auf einer Matratze, ach du liebe Zeit: ist das ein Durcheinander in meinem Kopf, da spüre ich, Mensch, oh, ist das weich, da spüre ich einen Mund, ih, das ist doch Spucke, und lange Weiberhaare über mich fallen, das kann doch wohl nicht wahr sein, das ist doch ein echter Zungenkuß, oh, Bruno, das war dein erster Kuß, jetzt biste entjungfert, Mensch, wie warm und weich und feucht, *she loves You, yeh, yeh, yeh, she loves You, yeh, yeh, yeh / and with a love like that You know You should be glad.* Ich entziehe mich. Ich zwinge mich, aufzustehen und den Keller auf dem schnellsten Wege zu verlassen. Das Sonnenlicht blendet mich. Ich laufe mir meinen Saufkopf halbwegs klar. Bäuerinnen hacken die Frühjahrsbeete, Kühe ziehen Jauchewagen. Ich weiche der stinkenden Wirklichkeit nicht aus und sage mir: Mach keinen Quatsch, Bruno, du kannst doch nicht einfach so rumküssen, stell dir doch mal die Folgen vor, als Abiturient womöglich Vater, du weißt ja auch gar nicht, wie du mit dem Frauenvolk umgehen sollst, und dann die Liebe und das Leid und das Zeugs; Hoffnungen, Illusionen und Enttäuschungen; Mensch, bleib dir selbst genug und laß dich nicht reinreiten in den verlogenen Pomp von schönen Worten, die doch nur den Trieb garnieren wie die Petersilie den Braten; Bruno, geh zurück und schau dem Mädchen kühl in die Augen, als wäre nichts gewesen, so schön auch war, was gewesen ist.

Als ich den Keller wieder betrete, sind die Mädchen weg. Ich lege mich zu den andern auf die Matratzen. Einer lallt immer wieder den Anfang der ›Odyssee‹ herunter und kommt nicht weiter als bis zum »polýtropon«. Unser Großmaul aus Frankfurt erzählt, was er da schon für Weiber durchgearbeitet hätte, welche mit Titten so groß wie Medizinbälle und welche mit Fotzen, die sich anfühlten wie halbe Pfirsiche aus der Dose, und er steckt den Finger in den Mund und läßt ihn herausschnalzen, jemand in der Ecke hinter dem Schrank stöhnt: Wenn ich nur daran denke, geht mir ne doppelte Vorlust ab. Einer springt auf, reißt die Verdunkelung vom Kellerfenster (He, was solln das!) und brüllt, wir sollten endlich das verdammte Maul halten, diese Sprüche gingen ihm unheimlich auf den Wecker, gleich würde doch wieder einer schwadronieren: Wo läßtn du deinen Pariser maßschneidern, dabei hätte doch noch keiner von uns eine Frau nackt gesehen.

if there's anything You want /
if there's anything I can do /
just call on me and I'll send it along /
with love from me to You.

Dann mußten wir los, strampelten durch die Dunkelheit und lagen auch mal im Straßengraben und gröhlten: Es gibt kein Bier im Heim, es gibt kein Bier, drum bleiben wir hier bam bam, drum bleiben wir hier. Gerade noch vor zehn drückten wir uns vorm EvD ins Heim. Der Erzieher merkte zwar was, sagte aber nichts. Ein Referendar, der noch in Ordnung ist und selbst mal um Mitternacht besoffen im Kinderwagen des Heimleiters durch die Gänge kutschierte und gongte: der hält dicht.

Heimkehr.

Drei, noch zwei, nur noch eine Woche, dann Ferien und ab nach Hause. Gottseidank. Auf dem Bahnhof fühlen wir uns zum Fliegen leicht, die Brust mit Treibgas gefüllt. Im Zug, fort vom Heim, kommen wir uns näher, und ich rede, neben ihr am offenen Fenster stehend, mit der lächelnden Orgel-Gertrud und kehre viel unter die Oberfläche der Worte. Ihren Koffer trage ich auf den Bahnsteig, ein bißchen zaust der Wind an ihrem Glockenrock, sie wird kleiner und winkt noch immer.

Altenbeken, Paderborn, Hamm und Münster und die Mutter: *Fremd bin ich eingezogen, / fremd zieh ich wieder aus.*

Nachdem ich unterschrieben habe, daß ich kein Kommunist bin, hieve ich im Schichtwechsel tags und nachts aus gelben Gitterwagen Pakete auf den blanken Blechtisch vor den Vorarbeiter, der mit dicker Ölkreide die Postleitzahl des Bestimmungsbahnhofs aufmalt und dann das Paket weiterschubst über den langen Tisch; einer der rechts und links stehenden Postfacharbeiter (Pfarb) greift das Paket und bringt es zu den gelben Gitterwagen, an denen auf schwarzen Tafeln Han,

Hbg oder Düs steht. Paketmühle nennen sie das, und es gibt Kunstlichtzulage. Der Vorarbeiter ist Angestellter und wird einmal Beamter werden, er bewundert Heinrich Lübke, mit dem er schon mal Skat gespielt hat, und meint, dat unsern neuen Bisckchop Höffner siecher ma Chardinaal wiad, weildaterdoch Profeeßer is. Der Vorarbeiter ist freundlich zu mir und hält den flotten Pfarb, der die Dienstmütze mit dem Schild im Nacken trägt und noch nichtmal weniger verdient als er, fürn Swinegel. Mit dem flotten Pfarb liege ich, wenn wir die Pakete verteilt und in die nächtlichen Postzüge auf dem Postbahnsteig verladen haben, auf den Stapeln von Postbeuteln (Wennde noch einmal Sack sagst, stopp ich dir deinen inn Kleistertop!). Er zeigt mir Bilder von seiner Frau und seiner Schwägerin: Immer ein Kissen unterem Aasch, merk dir das, das schafft freien Eintritt, guckma wie auf dem Bild hier, wien Kutscher aufm Tisch is auch nich schlecht, Beine überer Schulter, mußte aber sauber und im Takt arbeitn wie ne Stanzmaschine, verstehste, dat machste am besten erst beim dritten Durchgang, wenn der Überdruck weg is, beim zweiten Mal von hinten, Titten bimmeln lassen und denn von achtern wiet Katzenficken, eujeujeu, besuch uns doch mal in Wixbeck, Bruno. Jaja, sage ich, bin rot, schaue nicht weg und denke erschrocken: wie die Tiere, um Gottes willen, Gertrud. Ungeduldige Rückkehr ins Heim, aber ich sehe sie nicht im Zug, nicht im Bus.

Ehemaligenfest nennen sie das.

Wer kann, haut ab. Urlaub gibt es an diesem Wochenende nachgeschmissen, denn sie brauchen die Betten für die Ehemaligen. Wir hängen aus den Fenstern und glotzen die mit Hupen und Schreien in offenen Cabrios anrauschenden Gäste an: Da wird mit Schmackes gebremst, Kopftuch- und Hosenpuppen steigen aus, Kerle, die vor Studentenkraft kaum laufen können, springen mit einer Flanke aus dem Karren, umarmen sich alle und schreien: Hollo, und: Na, du alter Sack, lebst du auch noch, und: Los, gehen wir einen saufen. Die blättern den schönen Katalog der Vergangenheit vor unseren Augen auf, hauen sich auf die Schultern: Mensch, bei uns damals, das waren noch Zeiten, da war noch was los. Denen geht ständig eine Erinnerung ab: der Speisesaal (Ach, weißte noch), der Schweinestall (Weißte noch, wie), die liebe alte Knutschbank (Ha, ha, ha): schon machen sie sich vor Freude in die Hose. Aber übermorgen sind sie weg, und wir kauen unseren spelzigen Haferflockenbrei, unseren Kunstkäse und trinken weiter unseren Hängolin-Tee, wir stehen dann wieder hinter dem Schweinestall und verbergen die Zigarette in der hohlen Hand.

Ehemaligenfest nennen sie das, und alle sollen sich freuen.

Am Abend tänzeln wir mit unseren Kellnerservietten um sie herum und versuchen, ihnen das Trinkgeld abzuschwätzen, aber wenn man fünf Mark in vier staubigen Stunden macht, ist das schon viel. Wir müssen zusehen, wie sie unsere selig lächelnden Klassenkameradinnen herumschwenken im neusten Großstadt-Step, wir fegen für sie den Dreck zusammen, wenn sie nach dem großen Händchenreigen mit ›Kein schöner Land in dieser Zeit‹ sich verdrückt haben zur Nachfeier in die umliegenden Dörfer.

Ehemaligenfest heißt das, wenn sie dann morgens verkatert und tiefsinnig nach dem Festgottesdienst, den sie wankend durchgestanden haben, mit den Lehrern im Biergarten sitzen und dankbar Vergangenes wiederkäuen und sich verbrüdern mit den Paukern in weiser Kenntnis über das große, weite Leben da draußen im Land der Erwachsenen. Unsere Klassenkameradinnen sitzen neben ihnen und sehen uns nicht, wenn wir mit wütend eingezogenen Schultern am Biergarten vorbei gehen, ausspucken und uns hinter den Schweinestall zurückziehen, um eine Kippe durchzuziehen. Aus dem Biergarten ertönt schon wieder das Bierflaschenritual: Rechts, links, oben, unten, vorn und Prooost!

Letzte Dinge am Samstag.

Ein Samstagnachmittag im Herbst, wie er bei Rilke stehen könnte oder bei Hölderlin. Die Hände in die Taschen der Bluejeans gestemmt, stehe ich vor dem Heim und rieche von fern die milchblaue Luft voller Kartoffelfeuer und reifer Äpfel, voller Spinneweben und feuchtem Laub. Ein Wetter, um einen Riesen zu zeugen, sagt einer und haut mir auf die Schultern und ist verschwunden in Richtung Mädchenheim. Gottbefohlen, ruft mir einer im Vorübergehen zu und schwenkt die Reisetasche. Hey, wo willsten hin? Ab nach Kassel und einen Hammer loslassen auf einem Massenschwoof. Fort ist er. Der Fürst fährt vor und packt die Koffer seines durchlauchten Sohnes eigenhändig in den schwarzen Mercedes-Diesel. Der Modearzt aus Kronberg fährt vor und zupft sich genüßlich die durchbrochenen Autofahrerhandschuhe von den Fingern. Im klappernden VW scheppert der Pfarrer heran und verstaut lächelnd wie die Sonne Jesu seine zwei Söhne und drei Mitfahrer samt Gepäck auf den zerschlissenen Sitzen. In Grüppchen radeln Tertianer vorbei, um im Café der Kreisstadt bei einer Cola-mit und Zigarette den großen Samstagnachmittag auszukosten. Obersekundaner rennen mit auswärts gedrehten Armen in den Wald, um sich mit Tannenzapfen Schmisse zu schmeißen. Ich zapple mit den Knien.

Der Arbeitsdienst-Obmann jagt einen Trupp Sextaner mit Eimern, Besen, Harken im Laufschritt ums Haus. Klaus erlöst mich. Wir gehen durch die Herbstnatur spazieren, Rehe springen einen bunten Hang hinauf, gegen den Himmel stehen auf einer Höhe die gebückten Rücken der Bauern zwischen einer Reihe von Kartoffelsäcken. Wir werden innerlich. Wie man alt wird! Wie einem das Leben zerfällt! Schon so lange her, daß wir auf den umgekrempelten Rand der Lederhose den Namen der Freundin geschrieben haben. Ein paar romantische Erinnerungen an die Zeit, als der Kaffee aus Eicheln gebrannt wurde, und wir Bucheckern zum Ölpressen sammeln mußten. Wir haben längst hinter die Kulissen geschaut. Ideale im Eimer. Und immer das Atom unter dem Stuhl, täglich. Endzeit und eine lost generation. Kein Preis zu gewinnen in diesem Land. Philosoph werden, mit Sartre einen Pernod trinken oder mit Hemingway angeln in der Südsee, das wärs.

Wir sitzen unter einem Apfelbaum, Wespen wippen mit dem Hinterteil auf den herabgefallenen Schafsnasen, wir kauen Gras, zerrupfen redend Blätter, werfen Steinchen. Wir lassen uns nicht verkleistern mit euren Sprüchen: Leistung zeigen, und der neue Käfer ist der beste, den es je gab, nicht auffallen und bausparen und samstags besoffen, zwei Kinder, ein Fernseher und am

Wochenende schnelle Lust mit römischem Roulette nach Knaus-Onigo, keine Experimente, Ordnung-RechtFreiheit in einer Demokratie voller Bürger in Uniformen. Ohne uns. Wir bauen da nicht mit. Wir halten Abstand, bleiben skeptisch, bleiben wahr und ganz bei uns. Daß wir so entlassen sind aus den alten Bindungen, Familie, Kirche, Nation, das macht uns zur Generation. Die skeptische Generation. Die Hände in die Taschen gestopft, wandern wir den Hohlweg hinunter ins Dorf, reden, kehren ein und trinken Bier, reden, *Kommt, reden wir zusammen / wer redet, ist nicht tot, / es züngeln doch die Flammen / schon sehr um unsere Not,* ›Spanish Eyes‹ in der Musikbox, der Wirt setzt sich zu uns und erzählt, daß in unserem Heim im Dritten Reich verstümmelte Offiziere zu Tode gepflegt wurden (und die verstümmelten Landser?), der Wirt riecht nach Kuhstall und hat einen Arm an der Westfront gelassen, durch den Türspalt schielt ein Kind und lutscht am Daumen, der Großvater schlurft in Pantoffeln an unseren Tisch und stippt Brot in eine Tasse Milch, Fliegen rennen schrittlos glatt über den Tisch, ›Silvery Moon‹ in der Musikbox, die Bäuerin wischt sich die Hände an der Schürze ab und schiebt eine neue warme Flasche Bier übers Resopal, das Kind zieht den Daumen aus dem Mund und lacht, es kommt näher, wir müssen zurück ins Heim, ungestraft versäumt man kein Essen, das Bier schütten wir in den Hals, laufen los, keuchen, hasten, rennen, schwitzen, schnappen nach Luft, spucken Fliegen aus, halten uns die Seite, noch zwei Kilometer, das Heim kommt in Sicht, wir spurten und betreten den Speisesaal, als der EvD gerade mit der Glocke läutet.

All you need.

Gertrud, und die Welt ist anders geworden. Bevor noch das schrille erste Klingeln verhallt ist, bin ich schon aus dem Bett, bevor noch die andern sich verdrossen auf die Seite gedreht haben, um traumhaft Besseres nicht aus den Augen zu verlieren, bin ich schon die Treppe hinunter gesprungen, bevor der EvD Los-Raus-Tempo schreit, stehe ich schon unter der kalten Dusche im Keller: das Glück des Aufstehens. Wie die Seife schmierige Bahnen zieht auf der Haut, wie sie Schaum schlägt unter den Achseln, Schamhaarkräusel in Schaumblasen bindet, wie sie Talg und Dreck aufsaugt, Nachtschweiß und Verklebtes und alles gurgelnd im Abflußstrudel verschwinden läßt. Wie das Shampo mir den strähnigen Filz aus den Haaren schwemmt, damit sie mir locker und leicht vom Kopf wallen: das Glück des Waschens. Der Duft des reinen, weißen Nyltesthemdes. Die scharfen Bügelfalten der Trevirahose, und kein Loch in den

Taschen: das Glück des Anziehens. Auferstanden aus nächtlichen Ruinen, bin ich ein neuer Mensch und spüre den Morgen in meinen Fingerspitzen. Knallfrösche in den Knien. Das große Sprungbrett unter den Füßen. Eine weiche Schumann-Melodie im Kopf. Wenn Gertrud mit den anderen Mädchen die Treppe zum Jungenheim herunterkommt, lächelt sie mich an. Dann schmeckt der Haferbrei. Beim Hinausgehen berühre ich die sanfte Haut ihrer Hand im Gedränge wie ausversehen. Sie geht, lächelt und winkt: *All You need is love love is all You need is love.* Ich springe durch die muffelnden, rotzenden, schlurfenden Kameraden, springe, zwei Stufen auf einmal nehmend, die Treppe hinauf: Gertrud, ein Kuß, und die Welt ist anders geworden.

Mit leichten Hüften und schlenkernd wie Anthony Perkins gehe ich zur Schule. Der Direktor kommt im mausgrauen Käfer, der Lateinlehrer im blauen Käfer, der Religionslehrer kommt im schwarzen Käfer, der Sportlehrer im Ford-Combi, weil er reich geheiratet hat; allen biete ich freundlich die Tageszeit. Im Andachtsraum übt Gertrud an der Orgel einen Lauf mit den Füßen. Sie lächelt, sie winkt. Der mit dem S-Sprachfehler liest ausgerechnet wieder das Gleichnis vom Schalksknecht vor. Draußen im Morgennebel tauchen die Krähen in schwerem Flug in den Schatten der Fichten.

Ein Lehrer verliest ein BlutundBodenGedicht von Will Vesper. Ich denke an Gertrud, das gibt Mut durchzuhalten.

In den Schulstunden muß ich vermeiden, zu oft nach ihr zu sehen. Aber die Pausen! Mit jeder Pause brennt die Sonne ein größeres blaues Loch in den Herbstnebel. In der kleinen Pause gehen wir, da das Zusammen-Herumstehen und Händchenhalten verboten ist, im Gegenverkehr um das Rondell vor der Schule und tauschen bei jeder Begegnung einen langen Blick. In der großen Pause stehen wir hintereinander in der Schlange vor der Essensausgabe, für eine kurze Weile lasse ich meinen Finger in Gertruds hohle Hand schlüpfen, füßle mit dem klobigen Schuh. Getrennt schleichen wir uns in den Heizungskeller, setzen uns auf eine Tonne, rauchen Reyno, ein blaues Paar hüpft gazellengleich durch grünes Gras. Der Heizer schneidet mit Sorgfalt Kesselfleisch in Streifen und streicht Senf darüber. Von ganz drüben erzählt er, wo einmal ein Bräutigam nach dem Polterabend in die Tränke fiel und ertrank, schon starr gefroren war er, als die Braut ihn fand, das war seine Tante, die hat nie mehr geheiratet, ein Gaul hat ihr später ein Auge aus dem Kopf getreten, als Köchin hat sie sich verdingt und ist jeden Morgen zwei Stunden durch den Wald gelaufen, jeden Abend wieder zurück, auch bei Schnee und

Regen, aber nicht vom Blitz ist sie erschlagen worden, sondern von den Tschechen, da war sie sechzig, seine Tante, und einen schönen selbstgewebten Rock hat sie getragen. Der Heizer schiebt einen Streifen Kesselfleisch in den Mund. Rosig sehen die Innenseiten seiner Lippen aus im vom Kohlenstaub verschwitzten Gesicht.

In Sozialkunde habe ich ein Referat zu halten über die Geschichte der SPD. Ein Aufsatz von Abendroth ist mir in die Hände gefallen und hat mich überzeugt: Die Gründung der USPD war notwendig; man kann ja nicht gegen den Nationalismus sein und ihn unterstützen *(Modell Deutschland)*, man kann ja nicht Sozialdemokrat sein und den Sozialismus verstecken wie eine Syphilis; die SPD hat sich verraten, das mußte ja bei Noske enden. Pragmatismus darf nicht Gesinnungslosigkeit sein.

Der SPD-Lehrer wackelt bedenklich mit dem Kopf. Aufgeregt habe ich mich in die schirmende Bank zurückgezogen. Eine große Diskussion beginnt und bricht die Klasse in der Mitte durch. USPD ist doch Kommunismus, da gibt es kein Vertun. Und frag doch mal einen Arbeiter, ob der sich als Prolet empfindet heutzutage, was husten wird der dir, Klasse – wenn wir das Wort schon hören, einen Staat wollt ihr, in dem man nicht mehr sagen kann, was man will, die Diktatur statt Freiheit, soll man denn nicht so viel verdienen, wie man kann, aus der Nato raus, die Bundeswehr abschaffen, was? Alles madig machen, rumnörgeln überall, Opposition um der Opposition willen, immer ne Schau abziehen. In einer halben Stunde seid ihr an der Zonengrenze, wer keine Demokratie will, soll doch rübergehen, von wegen Arbeiterparadies, und Peter Fechter liegt erschossen an der Bernauerstraße, und Stalin hat Gorki den Kopf auf einer Heizung zerschlagen, in dém freien Land wird man euch schon die Hammelbeine langziehen.

Ich, ein Kommunist? In der Quinta wurde ich zum Klassensprecher gewählt, weil ich natürlich für die CDU war. Ins Kissen geheult habe ich, als es hieß, die Roten kämen bei dieser Wahl an die Macht, und sofort ließe die SPD die Russen durch den Eisernen Vorhang. Ich habe den Ollenhauer richtig den Vorhang hochdrehen sehen, Mutter mußte mich in den Schlaf trösten: Konny wirds schon in Ordnung bringen. Ich, ein Kommunist! Es geht auch gar nicht um die Schein-Alternative Ost oder West. Es ist viel schlimmer: Hier wie dort herrschen Technik, Industrie, Bürokratie, sekundäre Systeme (lest mal Hans Freyer), die machen uns zu Funktionen; die Wirtschaft ist die Königin, Kultur nur noch Freizeit, der Geist ausgeblasen, das ist das Problem: Wir sind Marionetten im Räderwerk, es geht nicht um dies oder das System, sondern um den Humanismus, die Freiheit, den Geist!

Der SPD-Lehrer wackelt bedenklich mit dem Kopf; Kritik ist das Recht der Jugend, aber mit Maßen!

In der Pause streiten wir weiter. Wir Radikalen stehen mit dem Rücken an der Wand; uns gehen die Argumente aus gegen das ständige Zitieren der Ostzone; wir meinen das ja auch mehr im Prinzip, philosophisch gesehen. Hilf mir mal, Gertrud, was meinst du denn? Gertrud winkt ab. Sie winkt einfach ab. Sie sagt: Regt euch nicht auf über die Politik. Sie läßt mich einfach mit dem Rücken an der Wand stehen. Da gehe ich, drehe ihr den Rükken zu. Nur fort. Sie begreift mich nicht. Sie hat keinen Sinn für das Unbedingte. Ich gehe. Gertrud bleibt stehen. Ich gehe rascher fort. *Einsamer nie / Wo alles sich durch Glück beweist / und tauscht den Blick und tauscht die Ringe / im Weingeruch, im Rausch der Dinge – / dienst du dem Gegenglück, dem Geist.*

In der letzten Unterrichtsstunde nur Gertrud nicht ansehen. Aus dem Fenster schauen, aber keine Krähe hockt auf der Wetterfahne und krächzt, die Sonne scheint im roten Weinlaub. Warum kann man nicht einfach Peng sagen und ist woanders, weranders, tot und befreit von diesen Nichtigkeiten. Über den Kiesweg geht eine Schülerin, ihr Gang ist weich, auch unter ihren Rosen weiden Zwillinge, ein dicker Pferdeschwanz tanzt von der einen auf die andere Schulter.

Post ist selbstverständlich nicht für mich da. Die Treppe steige ich langsam, Stufe für Stufe, hinauf. Die Hände unter den Kopf gesteckt, schaue ich an die Decke. Adrian Leverkühn wollte sich bei jener Esmeralda seinen Teil vom Glück holen und fing sich den Teufel, nun sitzt er in abgedunkelten Stuben, einsam und eine kühne Musik im wunden Kopf. *Es gibt nur zwei Dinge: die Leere / und das gezeichnete Ich.*

Ich sehe an ihr vorbei beim Mittagessen. Es gibt Sagosuppe zur Minderung der Erektionen, Fleischkäse mit Spiegelei (Kanzler Erhards Appelle zum Maßhalten haben gewirkt). Als ich mich doch zu ihr umdrehe, sehe ich sie lachen und einem Sekundaner übermütig durch die Makkaronihaare fahren. Der Sextaner neben mir bekommt eine Kopfnuß, die sich gewaschen hat, der kleckert so schnell kein Eigelb mehr auf den Tisch. Nach dem Essen renne ich sofort die Treppe hinauf und schließe mich auf dem Klo ein. Gertrud steht unten, darf nicht herauf und schickt Boten nach mir. Auf dem Klo bin ich sicher. Nach dem Studium verliere ich mich in Walsers ›Ehen in Philippsburg‹. Wie da die Miesheit der Leute durchschaut wird. Wie sie dem Hausmädchen in den Ausschnitt sehen und dabei vom Staat reden, als wäre es ihrer. Auch ein Professor ist immer dabei. *Sein Mund geriet in rülpsende Bewegung. Wie die Geschlechtsteile eines gebärenden Rindviehs.* Jeder sein eigenes Staatstheater mit viel Operette. Ich weiß, daß Gertrud unten auf mich wartet. Soll sie warten, bis sie schwarz wird. Der Dichter Klaff humpelt durch die feinen Leute. Daß er Hildegard geheiratet hat, war ein Fehler. Klaff sagt, was er denkt; kritisiert und wird entlassen. Hildegard läßt ihn sitzen, weil er problemzerfressen sei. Der Dichter Klaff will kein anderer sein, unbedingt ist er und bringt sich um.

Ich laufe durch den Wald. Den Mantelkragen habe ich hochgeschlagen. Der Hut von Humphrey Bogart fehlt mir. Tief ziehe ich den Zigarettenrauch ein und stoße ihn scharf durch die Nase aus. Mit zusammengekniffenen Augen sitze ich am Waldrand, schaue in den aufsteigenden Abendnebel und mache mir keine Illusionen. *Ich bin zu Ende mit allen Träumen, / was will ich unter den Schläfern säumen?* Die lustige Gertrud in den starken Armen eines anderen, eines großen Blonden; aufkreischendes Lachen, feuchte Küsse.

Auf der rotweißen Schranke am alten Steinbruch sitzt Gertrud. Einfach vorbeigehen kann ich nicht. Auch einsame Bullen haben ein Herz (wie

James Dean). Sie sitzt da, hat ihre Hände zwischen die Schenkel geklemmt und sieht mich an wie von weither. Sie hat geweint. Sie fröstelt und schaut durch mich durch. Ich nehme sie von der Schranke, stelle sie hin und lege gütlich meinen Arm um ihre Schulter, bette ihren Kopf an mich. Sie bleibt stumm, steht wie ein Klotz mit steifem Rücken, zuckt mit den Augen, aus der Nase läuft ihr Wasser, sie wischt es nicht weg. Ich versuche es mit Charme. Sie bewegt sich nicht. Sie zittert und zuckt mit den Augen und sieht durch mich durch. Ihre Lippen wie ein kühler Waschlappen. Ich führe Gertrud ins Heim zurück wie durch einen Film ohne Ton, ohne Farbe.

Das Abitur.

Es begann mit guter Butter und schwarzem Kaffee. Dann waren wir frei. Aber bevor wir gingen, rächten wir uns: Wir rauchten, wo wir wollten; wir zerfuhren mit Autos das Rondell vor der Schule; wir spannten eine Kette Bierflaschen durch den Andachtsraum; wir kotzten auf den Schulweg, pinkelten an jede Ecke des Heimes und schissen einem Lehrer vor die Haustür; dann verschwanden wir in die Freiheit.

Ein wenig bange, sagte beim Abschied in Altenbeken der letzte der Kameraden, sei ihm schon vor dem Studentenleben, von Selbständigkeit keine

Spur. Wir wanderten den Bahnsteig auf und ab und entdeckten zum Schluß unsere Seelen. Da weiß ich was, sagte der letzte Kamerad, weil man sich doch so gar nicht auskennt mit der Liebe, und er kniete sich hin und kramte aus seinem platzenden Koffer ein paar Heftchen und gab sie mir. In Kirchen hat er sie mitgenommen, sonst kommt man ja an so was nicht ran. Da wurde es peinlich, und wir drückten uns rasch die Hände. Unsere Züge fuhren in verschiedene Richtungen. Während meiner über das lange Viadukt nach Paderborn hinauf schnauft, blättere ich die Schriften durch:

Alle Welt spricht und schreibt von der Liebe, besingt und beweint sie. Im Namen der Liebe schuftet man, umarmt sich und schlägt sich, schafft Leben oder tötet. So weist in allen Irrungen und Wirrungen die Liebe über unseren menschlichen Bereich hinaus auf ihren Ursprung: Gott ist die Liebe.

Eherner Wille, unbeugsames Rückgrat, junge, von edlen Bestrebungen durchpulste Tatkraft, – sollen dir imponieren. Die ewigen Rührseligkeiten, Zärtlichkeiten, Verwöhnungen und Küsse sind unter den weiblichen Verwandten noch halbwegs am Platze, doch soll in den Adern des Mannes ein Blut der Härte rollen, nicht aber Kraut-

saft und Limonadenwasser! »Träumerei ist die Verderberin des Lebens«. Mancher junge Mann grübelt in den Jahren der Pubertät oft wochenlang über eine Figur eines Romans nach, er entwirft großartige Pläne für die Zukunft und bemerkt es nicht, wann sich seine Gefühlsseligkeit in Sinnlichkeit gewandelt hat. Also wirst du meinen Wunsch sicherlich begreifen, daß Burschen, solange sie noch nicht ernsthaft ans Heiraten denken können, nicht zu oft in Weibergesellschaft gehen sollen. Bewahre alle deine Kraft, alle deine Pläne, alle deine Gedanken für jene eine Liebe, mit der du deine zukünftige Braut bis zum Grabe an dich binden wirst. Jede andere Liebelei ist leichtsinniges Spiel und charakterlose Liederlichkeit.

Die Frau sehnt sich danach, den geliebten Mann in sich aufzunehmen. Der Mann hat das Streben, in sie eindringend mit ihr zu verschmelzen. Damit entsprechen beide ihrer charakterlichen Verschiedenheit. Der Frau ist das Gewähren, Erleiden, Empfangen, Tragen, Gebären, Nähren und Bewahren zugeordnet. Der Mann hingegen ist mehr schöpferisch, zeugend, gestaltend, werbend, angreifend und eindringend. So ist im Seelischen vorgebahnt, was im Leiblichen zum Ausdruck kommt. Junge Menschen, die sich lieben und in sich die Berechtigung spüren, dieser ihrer Liebe auch Ausdruck zu geben, sind oft sehr unsicher gegenüber der Frage: Wie weit dürfen wir gehen? Es kommt auf den Willen an, darauf, was als erstes angestrebt wird. Ist z. B. dieses Wollen ganz ausgerichtet darauf, dem geliebten Menschen in Zärtlichkeit Liebe zu erweisen, doch als ›Nebenbefund‹ ergeben sich dabei Körperreaktionen, die man an sich nicht direkt anstrebte, so gilt die ganze Handlung als sittlich gut. Ist jedoch das freie Wollen eigentlich auf die eigene Person gerichtet, auf eigene Lustgefühle, welche man durch die Zärtlichkeiten hervorrufen will, dann ist diese Handlung zu verwerfen. Noch etwas muß gesagt sein: wenn zwei Menschen sich liebhaben und im Verlauf der Zärtlichkeiten übermannt der Drang zur Vereinigung sie wirklich, obwohl sie in Ordnung bleiben wollten, dann ist das ›Sünde‹.

Wann um alles in der Welt soll denn das – lächelnde – Verzichtenkönnen gelernt sein und werden wenn nicht jetzt, in der Zeit, in der Du in Deinem Leben angelangt bist?

V

Ich stand auf, trat auf den Gang, zog das Fenster herunter und schmiß die Heftchen hinaus. Klare Verhältnisse schaffen: Die Zeiten im Schoß der Kirche lagen hinter mir, basta.

Ein neuer Anfang: Ich werde Tritt fassen, Subjekt und Objekt versöhnen. Begierig werde ich sein, kundig, teilhaftig, mächtig und voll. Das Studium der Literatur und eine Ausbildung, in der sich Pflicht und Neigung decken; die Kommunalpolitik, um meinen Beitrag zum Fortschritt zu leisten – das war meine feste Zukunft. Vorbei die Lehrjahre des Gefühls. Mit gegrätschten Beinen werde ich auf dem Boden der Realität stehen. Ich ging durch den Zug und steckte mir eine Zigarette an. Der Zug legte sich in eine Kurve, ich verlor den Halt, griff vor mir ins Leere, erwischte hinter mir eine Abteiltür, die rutschte zur Seite, mit dem Oberkörper drehte ich mich in das Abteil hinein. Ein alter Herr sah zornig auf und schimpfte auf Sächsisch, ob ich nicht aufpassen könne, das Rauchen sei hier verboten. Ich bekam einen roten Kopf und schloß die Abteiltür. Schon wollte ich mich beschämt verdrücken, als mir einfiel, daß auf dem Gang von Nichtraucherwagen das Rauchen nicht verboten ist. Ich blieb vor der Abteiltür stehen und rauchte meine Zigarette in absichtlicher Ruhe zuende. Nicht gleich klein beigeben, Selbstbewußtsein entwickeln. In Hamm hatte der Zug unplanmäßig langen Aufenthalt. Ich kramte einen Apfel aus dem Koffer, biß hinein und arbeitete mich weiter durch die ›Deutsche Literatur der Gegenwart‹ von Walter Jens. Da ging es voran. Endlich weiter. Ein Mitreisender legte seine Bügelfalten so neben das Knie, daß sie keinen Schaden litten, und teilte mit, daß ein alter Herr aus Sachsen einem Herzschlag erlegen sei, sofort tot, eine Decke lag über ihm, als sie ihn hinaustrugen, deshalb habe er ihn nicht gesehen, er sei aber sofort tot gewesen, sofort, deshalb der Aufenthalt, Tote in der Bundesbahn kämen ja zum Glück selten vor; kein Wunder bei dem schwülen Wetter, aber trotzdem irgendwie tragisch, oder?

Draußen flog die Welt vorbei. Vorne schnell, der Horizont verschob sich nur langsam. Der Steiner-See, der Glasurit-Papagei, ich erinnerte mich an einen verspielten Sommernachmittag auf diesem Bahndamm voller Bremsen, Brombeeren und verrosteter Dampfloks. Doch ich stellte meine Augen auf die Ferne ein; ich durfte mich nicht verlieren in der Vergangenheit, der neue Bruno wird nicht in Gefühlen baden gehen, ich sammelte meine Seele ein, entwand sie der Landschaft mit ihren Erinnerungshaken, ich stand auf, knöpfte die zweigereihte und im Rücken doppelt geschlitzte Jacke zu und verließ den Zug, einen blauen Regenmantel über dem Arm wie die hundert anderen Erwachsenen.

Ich war wieder in Münster. Hier konnte ich am billigsten studieren. Zu feiern gab es nur ein bißchen Wiedersehen. Mit der Mutter, nachdem sich die letzte Tagesschau und die Anzeigetafeln im grauen Flimmern verloren hatten. Mit mir alleine an der Werse, wo ich mit neuen Augen die Sonne über den Weiden, hinter den krummen Kuhzäunen untergehen sehen wollte. Die Wochen bis zum Studiumsbeginn nützte ich mit System. Mein Zimmer krempelte ich um; den Jugendkram warf ich hinaus. Die an die Wand gepinnten Kunstpostkarten nahm ich ab. Alle Schubladen stülpte ich um und fegte den angestauten Kruscht, allerhand Erinnerungsnippes in den Müll. Man muß Zeichen setzen. Das Selbstgemalte legte ich in eine Mappe, auf die ich Schulzeit schrieb, und schob sie hinter den Schrank. Nur das erste Lesebuch behielt ich (Education and Religious Affairs Branch, Office of Military Government for Germany, US), die ganzen Reclam-Heftchen, die Deutschstunden-Klassiker: ›Die schwarze Galeere‹, ›Die schwarze Spinne‹, ›Der Schimmelreiter‹ – alles in den bullernden Heizungsofen im Keller; mit dem Schürhaken half ich nach, damit die Flammen leichter Seite um Seite aufrollen und wegbrennen konnten. Ein Germanist kann nur gediegene Ausgaben gebrauchen, historisch-kritische. Den gesäuberten Rest meiner Bibliothek verzeichnete ich auf ein paar Karteikarten.

Ich kaufte mir eine schwarze Aktentasche aus Kunstleder. Dazu ein großes Ringbuch von Soennecken und einen Montblanc-Füller. Ich war gerüstet. Samstags unternahm ich Kunstwanderungen. Mit Notizblock und Kugelschreiber beging ich das Münsterland und suchte nach Kunst und Geschichte. Ich vermaß mit exakten Augen Giebel, Portale, das Maßwerk eines Fensters (Sondergotik?), das Bandwerk an dem einen schmalen Erker in der rotbraunen Fassade eines Wasserschlosses. Am blankgescheuerten Tisch in einer westfälischen Gastwirtschaft trank ich Kaffee, aß frischen Bienenstich, machte mir Notizen oder las die ›Minima Moralia‹ (die Deutschen haben *ihren Traum gemalt, und es ist allemal Gemüse daraus geworden. Die Franzosen brauchten nur Gemüse zu malen, und es war schon ein Traum*). Im Landesmuseum analysierte ich, auf welchem Altar Christus im Goldenen Schnitt hing. In Angelmodde suchte ich die Spuren von Goethes Fürstin Gallitzin. Hamann besuchte ich auf dem Alten Friedhof. Selbst vor dem Denkmal der Droste inmitten der Büsche auf der Kreuzschanze blieb ich mit schräggelegtem Kopf stehen und schämte mich, daß wir früher auf nächtlichen Heimwegen unser Wasser daran abgeschlagen hatten. Am Abend las ich Goethe und unterstrich, wo der Erzähler das Tempus wechselte. *(Philologe wird man durch unablässiges Lesen, behutsam fortschreitendes, Wort für Wort beachtendes und wägendes, auf alle Elemente der Sprache und des Sinnzusammenhangs sorgfältig achthabendes Lesen.)* Danach öffnete ich eine Flasche Bier, rauchte eine Zigarette, schrieb einen Brief an Gertrud und legte mich mit Lettaus Manig zu Bett.

Niederlagen ließen sich nicht vermeiden. Ein Bruder war gestorben. Er hatte ein Flasche Schnaps getrunken und den Gashahn geöffnet. Die beiden Männer, die seine Leiche überführten, trugen schwarze Uniformen, tranken Bier in regelmäßigen, großen Schlucken, redeten wie Hans Moser und erzählten, daß der Bruder blau aussehe und friedlich. Auf der Straße vor dem Haus der Totenwagen. Er wird im Bleisarg übernachten. Ich stehe hinter dem Fenster und trinke. *Am schlimmsten: / nicht im Sommer sterben, / wenn alles hell ist / und die Erde für Spaten leicht.* Fast ist schon Sommer. Die Erde wird locker sein und leicht. Ich trinke, es kommen mir keine Tränen. Ich setze mich an den Tisch und will ein Gedicht schreiben. Meine Gedichte sind Fehlschläge. Ich trinke und lasse den Montblanc-Füller über das Papier rollen, lege den Kopf auf den Arm. Ich trinke, mir wird übel, die Augen halten die Ecken des Zimmers nicht mehr, ich torkele in die Küche und hole, so leise es geht, Eimer und Lappen, um die Sauerei wegzuwischen. Der Bruder vor dem Fenster. Der hätte mich verstanden. Das war auch ein Bulle. Ein schwarzer Tag.

Den Montblanc-Füller hatte ich ausgewaschen und neu gefüllt. In der schwarzen Aktentasche steckte neben dem Ringbuch das ›Sprachliche Kunstwerk‹ von W. Kayser. Es ging los. Ein bißchen Kölnisch Wasser hatte ich mir auf die gut rasierten Backen gerieben. Über dem weißen Nyltesthemd eine neue Krawatte mit Schottenmuster. Der Regenmantel über dem Arm. Der Omnibus war voller Studenten. Einer las in einer gedrungenen, roten Gesetzesammlung. Ein Mädchen mit einem langen Zopf hielt Hölderlins Werke sichtbar in die Höhe und schaute, wie von ferne kommend, in die vorbeiziehenden Straßen. Da konnte ich nicht einfach so herumstehen und mich nur festhalten. Vorsichtig holte ich das ›Sprachliche Kunstwerk‹ heraus, balancierte mit der freien Hand das germanistische Einmaleins und skandierte mit den Lippen, wie von ferne kommend, das Versmaß der alkäischen Ode.

Wo die Hörsäle seien, traute ich mich nicht zu fragen. Sollte ich mich gleich als Ignorant bloßstellen? Die Treppen im Fürstenberghaus lief ich rauf und runter, suchte, Studenten sprangen, zwei Stufen auf einmal nehmend, an mir vorbei, und ich fand die Hörsäle, aber da waren die Türen schon geschlossen. Als ich leise den fast leeren Hörsaal betrat, schaute der Professor überrascht vom Pult auf, und als ich mich auf den nächstliegenden Platz setzte, quietschte der Sitz, und der Professor sah wieder auf und schüttelte ein wenig, aber unübersehbar den Kopf. Ich notierte sofort alles mit: Die Kultgemeinschaften bei den Germanen wie den Kelten und Slaven etcetera wurden nicht durch Völker, sondern durch *Stämme* gebildet, die sich teils zusammenschlossen, teils aber auch wieder trennten. Kein Nationalbewußtsein, vielmehr Stammesbewußtsein (religiös bedingt). Siehe hierzu besonders: Helm, Altgermanische Religionsgeschichte, 1923 (1. Band), Heidelberg 1937 (2. Band, 1. und 2. Teil), Heidelberg 1954 (3. Teil). Von meinem Platz aus konnte ich den Dom sehen, die Lambertikirche und die Rücken der schmalen Giebelhäuser am Prinzipalmarkt.

Der nächste Hörsaal war viel größer, so groß wie ein Theater und fast voll. Aus den Augenwinkeln beobachtete ich meine Nachbarn und schätzte sie ein: Das Mädchen direkt vor mir, das ein blaues Schulheft vor sich liegen hatte und das Kinn fallen ließ, würde ich bestimmt hinter mir lassen, weit hinter mir. Aber es saßen da noch so viele Studenten und Studentinnen mit ehrgeizigen Nasen, die meisten hatten ein großes Soennecken-Ringbuch und einen Montblanc-Füller vor sich liegen. Diese Mengen von Konkurrenten, und ich erst am Start, während viele schon mit langen Beinen die Bahn hinunter rannten; ich würde mich verdammt anstrengen müssen. Ein junger Student betrat das Podium und schrieb Sekundärliteratur an die Tafel. Wir schrieben sie sofort ab; jeder hielt dabei die Hand über das, was er schrieb. Ein älterer Student (Assistent?) betrat das Podium und stellte eine schwere, schwarze Aktentasche neben das Pult. Aber das Pult blieb leer. Ein Mann, der für einen Studenten zu alt war und also gewiß ein Assistent sein mußte, bat im Auftrage um Geduld, der Professor führe ein wichtiges Telefonat mit Paris. Schließlich betrat der Professor durch den großen Podiumsvorhang den Raum, stellte sich rasch an das Pult, rückte an der Brille und las eilig vor, daß man, wolle man über das deutsche Drama im 20. Jahrhundert reden, zunächst umreißen müsse, was unter dem zwanzigsten Jahrhundert zu verstehen sei, das, bei Lichte besehen, erst 1918 begänne, da mit dem ersten Weltkrieg eine neue Sprache einsetze, die gleichwohl nicht ohne Vorläufer sei, denn ohne Zweifel müsse man Hauptmanns naturalistische Darstellung des Elends, die entgegen herkömmlicher und falscher wissenschaftlicher Meinung kein Selbstzweck sei, sondern über eminenten Symbolcharakter verfüge, denn der Mensch erscheine hier schlechthin als solcher, durchaus als genuin modernes Theater begreifen, da in ihm der Mensch der von der Gesellschaft Ausgesetzte sei, will meinen: das expressionistische Theater, denn eben mit diesem begänne das 20. Jahrhundert, sei zurückgebunden an das naturalistische Drama und über dieses wiederum an die bedeutenden Werke von Grabbe und Büchner, die ihrerseits nicht vom Hintergrund der Dramaturgie des Sturm und Drang gelöst werden dürften, denn wenn man einmal sich klar gemacht habe, daß insbesondere Lenz zutiefst der pietistischen Tradition, die bis ins 17., ja, 16. Jahrhundert zurückreiche, verhaftet sei ...

Lenz, Lenz, wer war das denn noch? Da gabs doch so ein Stück von Brecht. Hat der sich nicht kastriert? Heute abend werde ich mir in der

Literaturgeschichte ansehen, wer das war. Daß ich alles vergesse! Da war der Professor schon weit voraus, ich strengte mich an, ihm hinterherzurennen, doch bevor ich ihn eingeholt und den roten Faden wiedergefunden hatte, war der Professor schon hinter dem Vorhang verschwunden. Der ältere Student brachte die Aktentasche fort, der jüngere wischte die Tafel.

Halbzeit. Zehn Uhr und noch zwei Vorlesungen. Wie sollte ich das durchstehen? Der nächste Professor redete vor halbleerem Saal mit dünner und langsamer Stimme und ironisch gemeintem Gesicht über Grimmelshausen und die Sternenwelt. Mir fielen die Augen zu. Ich schreckte auf, kniff mir unter der Bank fest in den Unterarm. Das schmerzte und machte wach. Immer diese Schwächen. Wer vorwärts kommen will, darf sich nicht schonen. Nur mehr Leistung führt zum Erfolg. Und so viele hatten einen Montblanc-Füller.

Vor der letzten Vorlesung ging ein Student mit Schnauzbart durch die Reihen und bot das ›Spandauer Volksblatt‹ feil. Der Professor betrat den Hörsaal durch den Studenteneingang; er schlängelte sich durch die Herumstehenden, kaufte ein ›Spandauer Volksblatt‹ und hielt es am Vorlesungspult hoch: Meine Damen und Herren Kommilitonen, man spricht in letzter Zeit viel von der intellektuellen Opposition in der Bundesrepublik und tut diese gern als typisch deutsche Dichter- und Denkerschmollerei ab. Bei Lichtenberg heißt es: *Der Deutsche ist so frei wie der Engländer; es ist bloß der Mißbrauch der Großen, der hier und da Untertanen zu Sklaven macht.* Wenn es in diesem Land eine intellektuelle Opposition gibt, meine Damen und Herren, so ist das kein Wunder, da dieses Land von einem Kanzler regiert wird und von einem Präsidenten vermutlich noch einmal fünf Jahre repräsentiert wird, deren Verhältnis zur Kultur ein Verhältnis mit dem Volkswartbund zu Köln ist.

Lachen, Klopfen, Füßetrampeln. Selbst die Nonnen in der ersten Reihe schmunzelten. Der Professor strich sich die Haare, griente, zuckte Soistesdoch mit den Schultern und machte Naja-Gebärden mit den Händen. Verlegen, stolz ordnete er seine Papiere und sagte: Also, Jean Pauls Frage, ob der Roman díe oder dér Natur nachahme, treffe den Kern. Der Roman stelle als sprachliches Gebilde nicht die Welt der Objekte dar, sondern eine bestimmte Weise sprachlich strukturierter Welterfahrung. Gebe sich der realistische Roman den Anschein, Wirklichkeit getreu zu spiegeln, wiewohl er lediglich ein bestimmtes Wirklichkeitsbewußtsein im Medium der Sprache äußere, so breche der moderne Roman mit diesem

Anschein und erhebe die Auffassungsweisen selber zum Thema. Dies sei die Funktion der Verwendung von Tagebüchern, Briefen, Binnenerzählungen und Zitaten. Die *bürgerliche Epopöe* habe die Subjektivität an sich zum Gegenstand und sei damit die angemessene Ausdrucksweise eines Wirklichkeitszustandes, in dem jede Welterfahrung der Subjekte nur noch partikular und selbstreflexiv sein könne. Die Geschichte des Romans beinhalte die Geschichte des modernen Bewußtseins, einer sich radikalisierenden Subjektivität und entschwindender Totalität. An Hegel kommt niemand vorbei. Jean Pauls Bemerkung könne dann mit Luckatsch (?) so gefaßt werden: der moderne Roman thematisiere die *transzendentale Obdachlosigkeit* eben dadurch, *wie* er Wirklichkeit nur im Reflex des partikularen Subjekts präsentiere.

Das war etwas für mich, auch wenn ich es nicht ganz verstand. Keine Fliegenbeinzählerei, keine germanische Vorzeit. Der große Zugriff. Aber präzise und mit verblüffenden Beweisen an den Werken.

Jetzt nicht nach Hause. Auf Mittagessen und Mittagsruhe konnte ich heute, mußte ich verzichten. Tief Luft holen und mit dem Schwung dieser Vorlesung die Theorie des modernen Romans von unten her aufrollen, indem ich das Gehörte sofort nacharbeitete. Dieser Luckatsch mußte gelesen werden, Jean Paul und die Wilhelm-Meister-Kritik von Schlegel. Aber welcher Schlegel? Gab es nicht drei oder vier Schlegel? Der Professor hatte nur von Schlegel gesprochen, als wisse man schon. Ich kannte nichts als den Namen, doch mußte dieser Schlegel ein großer Kopf sein, überhaupt, wenn man sich klarmachte, welche Legionen von klugen Köpfen schon seit Jahrhunderten Hochinteressantes gedacht hatten, seit Jahrtausenden, wie sollte ich das je aufarbeiten, ich mußte ran, anfangen, mir kribbelt es in den Fingern, ich muß mich durch den Berg der Wissenschaft graben, gleich, sofort, jetzt. Aber das germanistische Institut war versperrt durch einen Tisch, an dem das Hölderlin-Mädchen saß und von oben herab meine Seminarkarte verlangte. Eine Seminarkarte? Wieso eine Seminarkarte? Sie sei kein Auskunftsbüro für Erstsemester. Aber wie komme ich in das Institut? Mit einer Seminarkarte. Ich habe aber keine Seminarkarte. Also käme ich auch nicht in das Institut. Sie liest weiter. Was nun, schon wieder nur Widerstände? Es sei denn, ich verfügte über einen Studentenausweis, dann könne sie mir eine Seminarkarte ausstellen. Als sie mir die Karte zuschob mit angeekelten Fingern, ging der Roman-Professor mit einer Schar debattierender Begleiter durch die Sperre. Ich trat aufgeregt zurück, stieß an die Wand, wollte hinterher, wollte hören, was die wissenschaftlich diskutierten, wollte dabei sein; doch das Zopf-Mädchen sagte barsch, es sei nicht gestattet, mit Mantel und Tasche das Institut zu betreten. Ich lief hinunter in den Keller, hängte den Mantel in die Garderobe, stellte die Tasche darunter und wurde endlich eingelassen, setzte meinen Fuß auf den abgetretenen Linoleumboden des germanistischen Reichs.

Lange Flure, viele Türen: Deutsche Literatur der Klassik I, Klassik II, eine Deutsche Literatur nach der anderen, das hörte gar nicht mehr auf, Studenten eilten auf und ab, Bücher unter dem Arm, blasse Mädchen in knielangen Kleidern unterhielten sich mittelhochdeutsch, die Wissenschaft quoll die Gänge auf und ab, alle wußten schon alles, keiner so dumm wie ich, auch der Hunger war plötzlich da, Müdigkeit im Kopf, ich kniff mich ins Ohr, aber fand nicht den Mut, in einen der Bibliotheks- und Arbeitsräume hineinzugehen, wo sollte ich denn auch anfangen, war Schlegel ein Klassiker oder ein Romantiker, und Jean Paul, schon das Elementarwissen fehlte mir, da half kein Kneifen und Gutzureden. Ich drehte mich um und sah aus dem Fenster. Im Hof plätscherte ein Brunnen. Die Studenten drumherum waren nicht müde wie ich, die redeten geistvoll aufeinander ein. Ich schloß die Augen. Nichts mehr sehen! Aber ich hörte noch: Halt stopp mal, da mußt du erst schön sauber den Unterschied zwischen Satire und Parodie klären, mein Lieber. Und der andere: Schon, Theo, nee, Theo, hast schon recht, Theo, aber der Witz dabei ist doch das Komische, verstehste! Ich hielt die Hände über die Ohren. Aber ich roch den Linoleumboden, die Bücher, die vielen Bücher, den Staub, den Schweiß. Ich drehte mich um und lief mit abgewandtem Kopf an Hölderlin vorbei, über den Domplatz, im Horten trank ich zwei Gläser Tee und verbrannte mir die Zunge. Ich schwitzte, und die Müdigkeit war nicht fort, aber ich mußte doch voran, mit vorgestoßenem Kinn lief ich an Hölderlin vorbei, riß mich zusammen und betrat die Klassik I. Eine Halle, ein Saal. Bücher bis unter die Decke, rundherum. Wie soll ich mich da jemals durchfressen? Aber nicht jammern, anfangen. Ich ging ein paar Regale ab, fand Schlegel nicht, nur Goethe, nichts als Goethe. Hinter mir an den langen Tischen fünfzig, sechzig, tausend Studenten, da kann ich nicht herumsuchen wie ein kopfloses Huhn, also griff ich einfach ein Buch heraus und setzte mich auf einen freien Platz in der hintersten Reihe. Erst einmal im Lesen beruhigen. Aber die Worte blieben nicht hängen, mein Kopf war leer, ich verstand nichts. Ich schielte zu dem Mädchen neben mir, picklig, strähniges Haar, das Inlett in der Achsel herausgerutscht, sie lutschte Dextro-Energen und las hinter einem Berg von Werken eines Dichters, dessen Namen ich noch nicht einmal kannte. Ich versuchte wieder zu lesen: *Man übersieht nunmehr von Engen das schöne Thal rückwärts.* Auf der anderen Seite ein Student mit Bart und kalter Pfeife. Mit Zetteln gespickte Bücher. Karteikarten, grün, weiß, gelb, obenauf Karteireiter in ordentlich abgestufter Reihenfolge, und eine Schrift, so klein, so gestochen, so konzentriert, warum nur schwitze ich immer und bin müde und faul, es hat ja keinen Sinn, ich stellte den Goethe zurück, lief mit gesenktem Kopf an Hölderlin vorbei und rannte, zwei Stufen auf einmal nehmend, in die Garderobe, aber mein Mantel war weg, die Tasche stand auch nicht mehr da, das ist doch wohl nicht möglich, aber keiner der blauen Regenmäntel war meiner, ich saß auf der Treppe und wartete, daß jemand den Mantel und die Tasche brächte, niemand kam, das ›Sprachliche Kunstwerk‹ in Leinen war verloren, das Ringbuch und der verdammte Füller waren mir geblieben und brannten in der Hand, der Hausmeister zuckte mit den Achseln, das sei nun mal so an der Universität, ich schlich nach Hause, die Mutter blickte stumm, ich kramte den Mantel des toten Bruders hervor, dessen Ärmel meine Hände verschluckten, ich lief, nur fort, der

Mantel waberte mir ums Knie, ich bin kleiner als meine Brüder, natürlich, um Marienthal herum, durch die Schrebergärten, aus der Stadt, durch die Felder, die traurige Anfangszeile eines wehen Gedichtes im Kopf, aber meine Gedichte bleiben Fehlschläge, natürlich, im Gasthof Wienburg drückte ich mich an einen wackligen Tisch und schrieb mit einem abgenagten Bleistift auf eine Serviette einen Brief an Gertrud: *Wenn ich ein Vöglein wär, flög ich zu dir.*

Seit dem 1. Mai besaß ich das rote Parteibuch der SPD. Man muß Zeichen setzen. Doch der SHB war eine Enttäuschung. Im Nebenzimmer eines Lokals saßen ein paar ältere Studenten, tranken Bier und lasen sich ›Unfrisierte Gedanken‹ von Stanislaw Lec vor. Wieder kannte ich etwas nicht. Ich saß mit verschränkten Armen zurückgelehnt auf dem Stuhl oder drehte das Bierglas zwischen den Fingern. Drei der SHB-ler waren katholische Theologen und sprachen von der Sozialethik und den Ruhrpott-Priestern. Die meisten anderen hatten keine persönliche Meinung und studierten die Rechte. Sie unterhielten sich über große und kleine BGB-Scheine. Dann saß da noch ein rot- und bocksbärtiger Gräzist und machte Einwände, mekkerte über die Bravheit der SPD, über den verschlafenen SHB, der SDS stelle doch mehr auf die Beine. Die andern stöhnten: Jaja, er habe schon Recht, vor allem im Prinzip, aber man müsse doch die Kirche im Dorf lassen, niemand kann alles auf einmal erreichen, und an der Bindung an die SPD kann man nicht rütteln, schon aus finanziellen Gründen nicht. Das sah ich ein.

Auf der nächsten Sitzung wurde ich aufgenommen, sollte plötzlich alle duzen und mußte, da ich Germanist war, Schriftführer sein. Ich protokollierte, schrieb Briefe, zog auf einer wackligen Umdruckmaschine im ASTA-Büro, wo flinke und schnellzüngige Studenten mit Stahlrandbrille, liberaler Gesinnung und geöffneten Hemdkragen über den baumelnden Strickschlipsen mit hübschen Sekretärinnen scherzten, Vervielfältigungen ab, verschickte Einladungen, hängte Plakate zu Veranstaltungen auf, zu denen keiner kam, schrieb einen Bericht über den Vortrag des kleinen, grauen DoktorDoktor aus Essen, der aussah wie ein Sartre der Bekennenden Kirche, und hatte schließlich die Nase voll: war das mein Beitrag zum Fortschritt?

Nach und nach schwänzte ich. Bald blieb ich jede dritte, dann jede zweite Sitzung zu Hause und lernte Gotisch. Der rotbärtige Grieche schimpfte: Einfach raushalten, das ginge ja auch nicht. Der ließ nicht locker. Der besuchte mich zu Hause. Der ging mal ein Stückchen mit, wo er mich auch traf, und redete auf mich ein: Gut, laß den SHB sausen, diese Priester und Karrieristen, diese Akademiker, aber bei den Jungsozialisten und dem Ortsverein, da liegt die Zukunft, das ist das Volk. Aber ich hatte doch zu arbeiten. Ich mußte studieren und wollte nicht ein Vierer-Examen machen wie der Maulwurfs-Grieche. Doch der ließ sich nicht abschütteln, zog mich zu sich nach Hause, der nagelte mich auf eine Maisstrohmatte und gab mir Tee zu trinken, eine Frau stellte sich ein, verheiratet war der also und noch mit einer Volksschullehrerin, kein Wunder, daß der kein gutes Examen gemacht hatte, zu zweit hackten sie auf mir herum: man müßte mal, das wäre sinnvoll und notwendig, man sollte sich mal drum kümmern, das sollte man mal anpakken, aber ich hatte doch keine Zeit, doch Zeit, sagten sie, hat jeder, und wie wärs denn: Freitag um acht beim Sonderschulkreis und am Donnerstag in die SPD-Ortsgruppe Uppenberg. Jajaja. Im Prinzip: ja. Aber ich muß Gotisch lernen, ich muß Mittelhochdeutsch lernen, Althochdeutsch, ich muß Referate machen über Goethe und über Grimmelshausen, außerdem muß ein Germanist lesen, lesen und noch einmal lesen, von den anderen Fächern, die ich ja auch noch studiere, ganz zu schweigen. Zugegeben: Die SPD muß endlich an die Regierung; klar: Schmücker und Heck, die mußten weg; natürlich muß man auch was tun gegen diese realitätsfernen und selbstbezogenen Universitäten, wo die Studenten im achtzehnten Semester über den Blutstropfen im ›Parzival‹ eintrockneten; d'accord; aber: das hängt doch nicht von mir ab, das machen doch alles unsere Juristen und Wirtschaftler, und zum Briefeaustragen bin ich mir zu schade.

Man muß Prioritäten setzen: Ich werde erst einmal ein guter Germanist. Viel hatte ich zu lernen. Einzuprägen hatte ich mir: die Synkope und Apokope, die Auslautverhärtung, den Sproßkonsonant (und den Faust II sollte man auch so gut wie auswendig können), den Rückumlaut und die Dissimilation (von der Leseliste 15.–20. Jahrhundert kenne ich gerade 9,7%), und wie kam es überhaupt zum neuhochdeutschen Wort ›heben‹? Die Geschichte begreifen, heißt uns selbst begreifen: idg. *kap-ie/io zu got. hafjan, weil erste Lautverschiebung und Suffixerweiterung, das ist klar, got. hafjan zu ahd. heffen, da Gemination und Umlaut nach -j, dazu Endsilbenschwächung, eine völlig saubere Entwicklung nach wissenschaftlichen Erkenntnissen, aber dann setzt das Naturwüchsige ein, wühlt, schlägt quer, wie ein Bach durch die Wiesen gräbt sich die Geschichte ihren eigenen Weg, verläuft nicht systematisch und verrät etwas von der Schöpferkraft des Menschen, denn ahd. heffen wird zu nhd. he*b*en! Ein irrationaler Drang zur Vereinheitlichung setzt sich durch, zerfrißt erst die Vergangenheitsformen, springt auf die Gegenwartsformen, erobert den Indikativ, überall breitet sich das b aus und verdrängt alle stimmlosen Spiranten, geschliffen werden die Unterschiede, und dem Philologen, der sich entbehrungsreich über die graue Sprachgeschichte beugt, der mit K. Verners 1877 entdecktem Gesetz vom Grammatischen Wechsel begreift, welche gewaltige Geschichtskraft von jenem idg. Akzentwechsel *kap-iórta und *kap-iortemé über lat. capio, an. hefja, got. hōf zu unserem ›hob‹ und ›heben‹ gewirkt hat, dem wird als Preis die Erkenntnis zuteil, daß die Vereinheitlichung des Mannigfaltigen der geheime Motor aller Historie ist, aber er, er weiß um die ursprüngliche Vielfalt, um die Lebendigkeit des Vergangenen, ihm ist nicht unverborgen, wieviel Willkür in der Geschichte lauert, wie zufällig es ist, daß wir heute sagen: Er geht einen ›heben‹ statt: er geht einen ›hefen‹, wie vordergründig vieles ist, was wir blind als Fortschritt vermeinen. Ja, ich hatte zu lernen, zu begreifen und vor allem nicht wieder zu vergessen, daß ich es in der Klausur auch noch wußte. Aber vielleicht würde auch gefragt, woher der Unterschied käme zwischen Stadt und Statt und Gstaad; das mußte ich auch noch lernen.

Aber dennoch gab ich die Politik nicht auf. Sie wurde nur zurückgestellt. An den entscheidenden Sitzungen wollte ich teilnehmen, nur der große Leerlauf politischer Biertischlerei mußte mir erspart bleiben. Zum Abend der Begegnung zwischen dem SHB und dem SPD-Ortsverein am Beginn des neuen Semesters machte ich mich auf und wollte der politischen Pikenarbeit meinen Tribut zollen. Im Tagungslokal begrüßten wir uns herzlich: Sich mal aussprechen, mal ganz offen und ehrlich zueinander sein zwischen den Generationen, Schranken abbauen, reinen Tisch schaffen unter politischen Freunden, schließlich gibt die Partei das Geld und die Richtung, auch Studenten müssen Grenzen erkennen, dabei soll aber die Gemütlichkeit nicht zu kurz kommen.

Möönsch, chehn we doch allemann int Bontzkchuh!

Jau, denn men tau.

Die ganze Kavalkade raus. Die ganze Kavalkade rin in den Buntschuh.

Oober, allemann ein Helles, oder hat wer wat dagegen?

Für mich noch nen Koan dazu, und für mich auch nen Koan dazu.

Zwei Korn also, sagt der Ober.

Nee, drei!

Also drei Korn.

Ach, dann bringense mich glaich auch ain.

Also, denn man Proost! Auf die SPD und die gute Zusammenarbeit.

Jawoll: Prösterken.

Oober, bringense glaich noch ma ne Runde, oder hat wer wat dagegen? Niemand hatte was dagegen, wenn man in einer so netten Runde ist. Wer noch anmerkte, noch überlegte und grundsätzlich die SPD an ihren Godesberger Hörnern packen wollte, wurde abgedrängt: Mönsch, hör up, Keal inne Kiste, es muß doch auch mal gemütlich zugehn dürfen, wir Sozis sind doch auch Mensken.

Der subversive Altphilologe ging.

Oober, kommense mal her. Nen Helles für die chanze Corona!

Allmählich konnte fast jeder ein bißchen Platt. Der Ober brachte die Lagen in kürzeren Abständen. Kennter den vom alten Landois? Noch ein Dönneken, noch ein Vertelleken. Und den vom Kaplan un seine Olle? Der dicke Jans hinter der Theke maulte: Macht mich ma nich son Spektakel, maine Hean, mir fängt ja die Bude am wakkeln.

Möönsch, wißter wat, wir chehn alle nach mir zu Hause.

Die ganze Kavalkade raus auf die Straße. Im

Ringelpitz durch die Bogen am Prinzipalmarkt. So lustig bin ich lange nicht mehr gewesen. Am Drubbel ins Taxi, und der Ortsverein bezahlts. Und rin in die gute Stube. Bedient euch, sagte der Gastgeber, Schnaps ist inne altdeutsche Truhe, und Bier inne Küche. Das Neueste aus Düsseldorf und Bonn wird herumgereicht, die SHB-Juristen spitzen die Ohren: vom Kühn wird man noch ne Menge hören, der Wehner ist kein Kommunist, den kenn ich persönlich, über den Brandt wird ja so manches gemunkelt, aber jetzt trinken wir erst noch einen, und dann erzählt ihr mal einen tollen Jux aus dem Studentenleben, woll!

Mir drehte es sich schon wieder vor den Augen. Verfluchte Sauferei. Kurt Edelhagen dröhnte aus dem Radio. Unsere neue Schriftführerin – Germanistik, Geschichte, Pagenkopf – zupfte den Rock nicht mehr über die Knie herunter. Ich schaute schon mal hin. Es ging wieder bergab. Wäre ich nur zu Hause geblieben. Neben mir saß ein Architekt in schwarzem Cordanzug mit roter Krawatte; dicke Hornbrille, dicke Lippen. Der faßte mich am Arm und sagte: Gehn wir doch ein bißchen auf den Balkon. Die frische Luft tat gut. Von ferne hörte man die Eisenbahnen, die Schiffe auf dem Kanal und sogar den Türmer auf Lamberti. Mir ging das Herz auf: die Lambertifeste früher, als wir durch die dunkel gewordenen

Straßen rannten und sangen: *Kinder, kommt runter, Lamberti ist munter,* ja, früher. Auch der Architekt wußte noch alte Lieder und kam mir immer näher: *Einmal eins ist Gott allein, der da wohnt und der da thront im Himmel und auf Erden.* Dann summten wir zusammen: *Oh Bur wat kost din Heu.* So fröhlich war ich schon lange nicht mehr. Der Architekt legte seinen Arm um mich. Ich erschrak und fragte, wie das denn sei mit Mitscherlich und den kranken Städten. Der Architekt antwortete nicht, faßte mir ans Bein, mir stockte das Blut, die dicke, weiche Hand schob sich höher, jetzt faßte der mir ans Geschlecht, da tauchte ich weg, floh durch die Stores in die verqualmte Stube, die Schriftführerin gickelte ins Schnapsglas, ihr Rock war noch höher gerutscht, ich schaute dahin und dachte nicht an Gertrud! Jetzt aber weg. Raus hier. Die Luft auf der Straße war kalt und klar, ich atmete tief ein. Worauf hatte ich mich da wieder eingelassen. Diese Nichtigkeiten, dieser Sumpf, Verlogenheit und Geilheit, Bruckners Hörner hallten mir im Kopf, unerbittlich, klare Verhältnisse schaffen, ich suchte am Himmel den großen Wagen und fand ihn, ich legte mich einfach auf den Bürgersteig, fror und schaute in den Himmel, fort mit dem klebrigen Kleinkram, nicht hängen bleiben in den Fußangeln dieser Bürgerlichkeit, es muß voran gehen, das muß besser werden, ich muß besser werden, wieder ein Rückfall, aber trotzdem: vom Himmel her strömte ein großes Gefühl in mich, ein Gefühl von Zukunft, und ich begann mir einen Brief an Gertrud auszudenken: *Es kommt darauf an, das Hoffen zu lernen.*

VI

Der Trommler.

Trotzdem, das blieb selten: einen germanistischen Gedanken finden, einen guten und einen, der nicht schon wo stand; so gepackt sein, daß man beim Umblättern im ›Nachsommer‹, in der ›Suche nach der verlorenen Zeit‹, im ›Mann ohne Eigenschaften‹ nicht auf die Seitenzahl schaute; hinter der Entscheidung der Partei stehen und nicht sagen müssen: sie ist wenigstens das kleinere Übel; mit dem Fahrrad durch die sonnenbeschienenen Straßen, vorbei am Kasernenrot der Kliniken, durch die Gievenbecker Felder, ein Mädchen im Minirock pflückt Blumen, hinter dem Zaun eines Kottengartens blühen die Pfingstrosen, an der Hauswand sonnen sich vier schwarze Maikatzen.

Trotzdem, immer wieder: Niederschläge. Einfach die Luft raus. Die klaren Verhältnisse trübten sich ein. Der große Schwung war hin. Widerstände. Immer wieder der Gedanke: Einfach nicht mehr da sein: *Buck Mulligam came from the stairhead, bearing a bowl of lather an which a mirror and a razor lay crossed.* Zusammenbrüche hinterrücks und unversehens, zum Beispiel beim Losrattern eines Preßlufthammers oder beim schrillen Schreien der Vögel in einer lustigen Luft; bei Gesprächen mit Arbeitern während des Geldverdienens in den Ferien; wenn Erinnerungen hereinbrachen beim Anblick der Reitwiese am Hallenbad: das Rot der halb verfallenen Mauer, der grüne Efeu, zwischen den Ruinen waren wir herumgeklettert, wir Brüder, um von ferne und kostenlos Fritz Tiedemann beim Sprung über den Wassergraben sehen zu können. War das alles: Einfach älter werden und Schluß, *You were born, Your parents died, You grew old, You died Yourself,* nichts verändert sich, die Löhne steigen wie die Preise, es bleibt alles beim Alten und wird hoffentlich nicht noch schlechter, was wir lernen, ist nicht mehr als das, was wir vergessen?

Rien ne va plus. Mit der Faust schlug ich mir an den Kopf. Die Zähne biß ich aufeinander, doch ich schaute häufiger in den Vorlesungen aus dem Fenster und verlor mich aus dem Griff; manchmal stand ich mitten in der Nacht auf und schrieb den Anfang einer schöneren Erzählung; anstatt bei der Erhard-Kundgebung ein Juso-Transparent hochzuhalten, las ich lieber ›Mein

Name sei Gantenbein‹: *Ein Mann hat eine Erfahrung gemacht, jetzt sucht er die Geschichte dazu.*

Waren alle Hoffnungen perdu? Mußte es dabei bleiben: Das Ich hier und die Gesellschaft da?

Die Rückfälle wurden häufiger. Lesen und Schreiben: das ist das Leben. Und das schlechte Gewissen wuchs.

Das löste sich erst, als er kam.

Der Trommler. Der mit den Welten im Kopf. Der mit dem kaschubischen Vorbiß. Der Aalliebhaber und Kuttelnfresser, der Brausepulverschlekker und Weihrauchschnupfer. Der machte das Tor auf, packte seinen Koffer in Berlin, verließ den deutschen Nabel der Welt, dem war eine Reise aus Berlin die Partei schon wert, der ließ freiwillig hinter sich: Karajan, Biermann und die Rixdorfer, Höllerer und seine Leute, den Tsak und den Wagenbach, die Wühlmäuse und das Bügelbrett, die Akademie und die besoffenen Studenten bei der dicken Wirtin in der Carmerstraße, das beworfene Amerikahaus, der verließ sein großes Arbeitszimmer und das gerade von Uwe Johnson reparierte Tonbandgerät, küßte seine Frau am blaugestrichenen Gartenzaun (alles wußte ich über ihn und Berlin, die Morgenröte der Kultur), der stieg herab, zog durch die Provinz und war sich nicht zu schade, für die SPD zu trommeln, in die vollen Säle meißelte er seine

Stakkato-Sätze, sang sein ›Loblied auf Willy‹, stapfte mit breitgestellten Ellenbogen in Münsters Lindensaal, wo an andern Abenden sich der Tanzclub lateinamerikanisch drehte und nicht aus dem Rahmen fiel, der trug kein Seidenhemd, kein Nyltesthemd, dem baumelte schräg ein roter Wollschlips überm bunten Hemd, die Haare wuchsen dem bis an die Ohren, der war das Original und sein Schnauzbart dicker und wüster als die der studentischen Rebellen im Saal, der schwebte nicht über den Wassern, sondern saß mittendrin im bundesdeutschen Sumpf und war doch ein Künstler, der patschte, spritzte, gurgelte und rollte das R, donnerte, mahnte, drohte: *Wer Ohren hat, höre: Es ist fünf Minuten vor zwölf. Packt den Willy in den Tank!* Der war ein Dichter und ein Politiker, der hielt die Wirklichkeit und die Phantasie ununterscheidbar fest in seinen bißstarken Zähnen.

Das war ein Vorbild.

Großer Beifall.

Die Gegner fauchten in der Diskussion: Warum, Herr Graß, haben gerade Sie etwas gegen Freiheit und Wohlstand, obwohl es Ihnen gut geht, weil Sie in einem freien Land Ihre Schmutzschriften wie ›Die Blechtrommel‹ veröffentlichen können? Jawohl, schreien Sie, meine Herren Studenten, aber wir leben noch in einer Demokratie, und ich sage, was ich denke: bei diesem Oskar fällt mir nur Goethe ein: eine *Mißgeburt aus Dreck und Feuer*. Lassen Sie mich doch ausreden, warum hetzen Sie gegen die Kirche und eine Politik, die diesen Staat aus Schutt und Asche aufgebaut hat, den besten deutschen Staat . . .

Aufhören! Süsterhenn! Was ist mit Oberländer! Und Globke!

Jemand schrie zurück: Vaterlandsverräter Frahm. Da barst der Saal, tobte sich die Kehlen heiß, ließ sich doch den Willy nicht vermiesen, die Zukunft und den Fortschritt nicht versauern.

Mit breitgestellten Ellenbogen stapfte Graß aus dem Saal. Klatschen, noch als er schon draußen ohne Lächeln signierte, Berge von Büchern abarbeitete, selbst auf Bierdeckel mit rotem Filzstift seine sündig unterlängten Gs malte. Uns erklärte er hinterher im Schwarzen Schaf, wie man Zigaretten dreht mit der Hand und eine Wählerinitiative organisiert. Da hielt ichs nicht mehr aus, da machte ich mich ran, holte Luft und fragte: Wie macht man denn das, die Dichtung und die Politik vereinen? Er zupfte sich einen Tabakkrümel von der Unterlippe: Eins sei ihm das, denn schließlich sei alles eine Realität.

Das war ein Vorbild.

Der Knoten war geplatzt. Keine Widerstände mehr. Nicht Trennen zwischen Drinnen und Draußen, das Ich und die Welt versöhnen, ohne die Seele zu kappen, einzufangen und stillzulegen, den Schmerz, die Sehnsucht nicht verbergen, bei sich anfangen und dem Allgemeinen zum Glück verhelfen: das war die Lösung, das ist das Glück. *Ohne die Zukunftsvision der Seher, der Dichter, der Künstler wird die Gattung Mensch nie zur Menschheit werden.* Du mußt, sagte ich mir, nur wollen, der Wille versetzt Berge. Noch in derselben Nacht füllte ich den Füllfederhalter und begann zu dichten.

VII

Vorwärts, Menschheit, folge den Träumen der Dichter; die Phantasie an die Macht!

Nicht wieder zurücksinken! Er legt Daumen und Zeigefinger an die Augen und spannt sie mit Gewalt auf, bis er ganz wach ist. Er springt aus dem Bett, wirft sich auf den Boden, macht zehn Liegestütze, er richtet sich auf, zehn Kniebeugen, Rumpfbeugen links und rechts, Armschwingen vorwärts und rückwärts, er wäscht sich, er ißt und hat die Backen voller Morgengold, rasch setzt er sich an den Schreibtisch und arbeitet. Deswegen ist er ja hergekommen. Endlich einmal nur arbeiten. Die Wissenschaft der Bücher, das ist sein Leben.

Am späten Vormittag erhebt er sich von dem mit Papieren überladenen Schreibtisch und stellt sich ans Fenster für eine kurze schöpferische Pause. Er kratzt sich abwesend hinten und vorn, gähnt unkontrolliert und schaut in die Winterwelt, die flach um sein Hügelhaus herumliegt. Von dem unbewachsenen Buckel aus sieht er weit über das platte Land hin, über die sumpfigen Weiden bis zu einem fernen Kirchturm, nur über den nahen Deich kann er nicht blicken. Es hat gefroren, gläsern die Wiesen, die Wege, der Deich, jeder Grashalm ist in Eis verpackt, um das Fenster ranken sich Eisblumen. Er ist eingefroren.

Im klimpernden Auto kommt der Milchmann langsam herangerüttelt. Beim Aussteigen prüft er vorsichtig mit einem Fuß die Glätte des Bodens. Mit der Milchflasche in der Hand schiebt er sich Stück für Stück heran. Er kommt auf das Haus zu, er beginnt die kleine Anhöhe zu erklimmen, nun rudert er mit den Armen eckig in der eisigen Luft, jetzt schleudert er die Beine in die Höhe und prallt auf den hart gefrorenen Boden. Die Milchflasche ist zerbrochen, ein weißer Fleck breitet sich auf dem Eis aus. Bruno tritt schnell zur Seite, er will nicht einmal gesehen werden. Als er vorsichtig wieder hinausspäht, schlurft der Milchmann mit Zentimeterschritten wieder auf seinen Autoladen zu. Da holpert der Karren des Bäckers heran. Der dicke Bäcker steigt wuchtig aus und sieht dem Milchmann entgegen, der mit heftigen Gebärden auf das Haus, auf den Milchfleck und auf verschiedene Stellen seines Körpers zeigt. Der Bäcker lacht, klappt die Ohrenwärmer an seiner pelzbesetzten Mütze nach unten und steigt in seinen Karren ein. Langsam fährt der Milchmann hinterher.

Die Mittagspause hat schon zu lange gedauert. Bruno setzt sich an den Schreibtisch und arbeitet weiter. Etwas leisten. Vorankommen. Dafür ist er ja da. Die Theorie der Entfremdung und des modernen Romans wird er aufarbeiten, zusammenfassen und, es muß gelingen, erweitern. Er hat sich beschränkt und fängt erst bei Hegel an; bei Adorno wird es enden: *Für den Intellektuellen ist unverbrüchliche Einsamkeit die einzige Gestalt, in der er Solidarität etwa noch zu bewähren vermag. Alles Mitmachen, alle Menschlichkeit von Umgang und Teilhabe ist bloß Maske fürs stillschweigende Akzeptieren des Unmenschlichen.*

Spät in der Nacht wird er sehr müde, kann aber nicht einschlafen. Er holt sich Bier aus dem Keller und setzt sich vor das Radio. Irgendwann in der Nacht wird er, belästigt von einem Pfeifton im Radio, aufwachen, er wird nicht mehr weiterschlafen können und, sich wälzend im Halbschlaf, das Problem der Entfremdung lösen.

Nach dem Frühsport am offenen Fenster, und bevor noch die Sonne aufgegangen ist: wieder an den Schreibtisch. Keine Müdigkeit. Die Gedanken strömen. Ein gesegneter Tag. Ein Tag ohne Ablenkung. Nur einmal sieht er, wie der Bäcker den

Deich in der Ferne überquert. Am Abend trinkt er Bier, stellt einen rauschenden Kanal im Radio ein und wartet auf den Schlaf und den Pfeifton.

Ein Tag vergeht um den andern, der Ablauf der Zeit ist nur gegliedert durch das Fensterstehen am Mittag und das Warten auf die zwei Stunden Schlaf in der Nacht. Es taut noch immer nicht. Das freut ihn; unbehelligt kommt er besser voran.

Am fünften, sechsten oder siebten Eistag sieht er den Postboten auf dem Fahrrad über den Deich strampeln und mit dem Oberkörper gegen den Wind wippen. Der Postbote steigt vom Fahrrad und legt es auf den Deich. Er haucht sich in die Hände, schlägt die Arme um den Leib, auf dem Hintern rutscht er Stufe für Stufe die Deichtreppe herunter und läuft mit eingeknickten Beinen auf das Hügelhaus zu. Bruno zieht schnell die Gardinen zu und versteckt sich hinter ihnen, durch einen Spalt sieht er einäugig hinaus. Der Postbote hat über die Schuhe ein Drahtgeflecht gezogen, das erleichtert ihm den Anstieg zum Haus. Die Wimpern und die unter der blauen Dienstmütze hervorquellenden Stirnhaare des Postboten sind vom Rauhreif beschlagen. In der Hand trägt er etwas; ein Telegramm, denkt Bruno, es wird von Gertrud sein; sie soll ihn in Ruhe lassen. Der Postbote kommt dem Haus Meter um Meter näher. Endlich schlägt er hin und haut mit dem

Kopf auf eine Stufenkante. Er bleibt liegen und rührt sich nicht mehr. Er wird erfrieren. Aber schließlich hat Bruno um kein Telegramm gebeten! Er wird sich an den Schreibtisch setzen; wenigstens einmal nur arbeiten können. Sein Lieblingssatz stammt von Beckett: *laß mich in Ruhe, nichts sagen, nichts fragen.* Er beugt sich über den Schreibtisch und liest weiter. Wo war er stehengeblieben? Bei Marx: *denn das Leiden, menschlich gefaßt, ist ein Selbstgenuß des Menschen.* Wieder wird er schwach und schaut nach, was der Postbote macht. Der rappelt sich auf. Dünn läuft ihm Blut aus der Nase. Er sitzt eine Weile da und hält sich den Kopf. Dann schlägt er seine Arme um den Leib, haucht in die Hände, setzt seine Mütze ab und wieder auf. Aus der Hosentasche holt er ein Taschenmesser und kratzt die Stufen frei, hackt das Eis ab, findet auch einen sicheren Halt für seine Schuhe. Es klingelt. Bruno hält den Atem an, er wird sich nicht verraten. Es klingelt und will nicht aufhören zu klingeln. Bruno schleicht sich leise in den Keller und arbeitet weiter beim abgedunkelten Schein einer Kerze. Mutter gestorben, Gertrud verheiratet und sieben Kinder: was geht ihn das jetzt an. Er will seine Arbeit vollenden. Dafür ist er ja da. Benjamin: *Die Geburtskammer des Romans ist das Individuum in seiner Einsamkeit, das sich über seine wichtigsten Anlie-*

gen nicht mehr exemplarisch aussprechen kann, selbst unberaten ist und keinen Rat geben kann.

Das Bier ist ausgegangen. Doch das kümmert ihn nicht. Er will nicht mehr müde werden und einschlafen. Der Schlaf ist keine Erholung. Im Schlaf arbeitet er nur weiter, mit großen Erfolgen, im Schlaf macht er Riesenschritte, doch ungenau und alles durcheinander werfend. Er hat morgens Mühe, die irreführende Nachtarbeit zu vergessen. Lieber tagträumt er beim Pfeifton des Radios. Das belebt seine Sinne. Barfuß geht er über den heißen Sand an einem Strand in Italien, das Meer stahlblau, nur in der Brandungszone weiße Schaumkronen, da sieht er den Philosophen H., der die Arme um Gertrud geschlungen hat, sie kommen barfuß und lachend über den heißen Sand auf ihn zu.

Die Kohlen sind ausgegangen. Bruno schleppt sein Bettzeug in den Keller, zieht Handschuhe an und arbeitet eingehüllt weiter beim abgedunkelten Schein der Kerze. Hier wird ihn niemand entdecken und belästigen. Das Problem ist, ob die Subjektivität die deutlichste Erscheinung der Entfremdung ist oder die deutlichste Kritik an der Entfremdung; und wenn sie als deutlichste Erscheinung die deutlichste Kritik sein sollte, so fragt sich, wie forcierte Subjektivität in objektive Kritik umschlägt; ist der Begriff der Kritik erfüllt erst bei der Vorstellung des Besseren oder schon bei der *Sprache des Leidens*.

Mit dem Philosophen H. macht er ein Wettrennen über die Alpen aus: Wer zuerst in Lindau ist, soll Gertrud besitzen.

Der Schacht des Kellerfensters füllt sich mit Schnee. Es schneit beständig. Mit der Bettdecke um die Schultern geht er durchs Haus und stellt fest, daß der Schnee wie eine Mauer um das Haus herum liegt.

Wenn der Begriff der Entfremdung nicht denkbar ist ohne Maßstäbe dafür, wovon sich der Mensch entfremdet, so fragt sich, was der Mensch ist und sein sollte. Wer aber bestimmt denn, was der Mensch ist, was er sein soll? Was ist dem Menschen angemessen?

Den Philosophen H. hängt Bruno schon vor dem Gotthard ab. Aber er läßt ihn nicht einfach ausgepumpt liegen, er reißt ihn an den Haaren in die Höhe, er tritt ihn in den Arsch, daß es kracht, er schlägt ihm in die Fresse, bis er jammert und winselt, dann packt er ihn am Schlawittchen und wirft ihn eine Schlucht hinunter. Der Todesschrei eines Philosophen erfüllt Bruno mit großer Genugtuung. Lachend rennt er nach Lindau hinunter.

Der Kühlschrank ist völlig leer. Aber auf das sinnlose Stopfen klebriger Dinge in seinen Leib kann er verzichten. Ein voller Bauch studiert nicht gern. Wichtig ist, daß er etwas Verheizbares findet, damit ihm nicht vor Kälte der Bleistift aus den Fingern fällt. Er verbrennt Tisch und Stuhl, schließlich seine Bücher und das Schreibpapier. Doch da verlischt die letzte Kerze.

Im Hotel Reutemann zu Lindau sperrt Bruno die Tür hinter sich zu und schlägt Gertrud in den Nacken, daß sie niederstürzt, er dreht ihr die Ohren um, preßt seinen Daumennagel in ihre Nagelbetten, knallt ihren Ellenbogen auf die Tischkante, bis sie jammert und winselt.

Das Radio gibt keinen Ton mehr von sich. Der Strom muß ausgefallen sein.

Dann reißt er Gertrud die Kleider vom Leib und besorgt es ihr; er stemmt ihre Beine auseinander, beißt sie in die Brüste, haut ihr auf die Nase, damit sie unten bleibt und still hält, sticht ihr mit dem Brotmesser in den Hintern, damit sie endlich in Fahrt kommt.

Um wenigstens noch im Schein des Feuers im Keller arbeiten zu können, muß Bruno sich selbst verheizen. Er legt den linken Arm in die letzte Glut. Sein Arm aber will nicht Feuer fangen; als der letzte Funken verglimmt, ist er erst an der Oberfläche etwas gebräunt. Er nagt an der aufgeplatzten Haut seines Arms und frißt seinen Arm auf. Seine Beine ißt er kalt, soweit er mit seinem Mund reichen kann. Jeder Biß in den eigenen Leib ist ihm ein Genuß. Strafe muß sein; er hätte längst fertig sein sollen mit seiner Arbeit. Er kann sich nicht genügend konzentrieren. Wenn er den Begriff der Entfremdung denken will, muß er kotzen. Sein Leib kommt in Brocken wieder aus ihm heraus. Sein Glied steht zwischen den abgenagten Beinresten am Ende des Rumpfes in die Höhe wie eine Fahne am Heck eines Bootes. Da er sich keinen mehr runterholen kann, muß er sein Glied schlaff denken, um endlich wieder seine volle Arbeitskraft zurückzugewinnen. Er denkt so lange an Lukács, bis sein Glied unter den Horizont seines Bauches absinkt. Dennoch kann er ohne Papier und Bleistift, ohne seine Bücher nicht weiterdenken. Er muß sich eine andere Form der Arbeit gefügig machen. Es bleibt ihm nur noch die Einbildungskraft. Er wird sich einen Roman ausdenken. Aber einen schweren Roman, einen, dem man die Arbeit ansieht, einen, der der Kritik standhält, für R. R. wird er realistisch, aber nicht zu deftig schreiben; für R. M. wird das mittlere Kapitel seines Romans genau in der Mitte stehen, er wird es an raffinierten Symbolen und Erzählerpositionen nicht fehlen lassen. Ein durchschnittlicher Angestellter um die 30 mit Übergewicht, den er Arno nennen wird, sitzt an seinem Schreibtisch, schaut über den Bodensee und denkt sich etwas Entsetzliches aus, abgehackte Schwänze, aufgeschlitzte Mösen, Lustmorde, Selbstmorde, Selbstverstümmelungen, Askesen, Leistungen besonderer Art, nein, nein, er wird sich etwas Schönes ausdenken, er wird die Realität überholen durch den Vorschein des Glücks, ja, die Phantasie malt uns schönere Welten, ohne die Zukunftsvision der Dichter wird die Gattung Mensch nie zur Menschheit werden, endlich aufwärts, den Roman wird er ›Schleiftrog‹ nennen, den Helden seines Helden Arno wird er Hermann nennen *(In den Lüften ist er Meester).*

Ich kitzle ja nur meine eigenen Kunststücke aus meinem introvertierten Kopf. (G. Roth)

Man muß es ja, alle Objektvität ist Schweinerei, aber man darf es nicht erkennen lassen. (J. Roth)

Das Haus verlassen. Schnee ist überwindbar.

Er wartet nicht, bis Schnee und Eis geschmolzen sind. Er steckt sein Manuskript unter den Mantel und stemmt sich gegen die Haustür. Durch den nur noch brusthohen Schnee gräbt und bahnt er sich einen Weg. Es ist ein gewaltiges Stück Arbeit. Manchmal denkt er daran, aufzugeben und liegenzubleiben. Aber er muß sich vorwärts kämpfen. Er will leben. Hat er nicht der Welt etwas zu sagen? Unvorstellbar der Gedanke, daß der Schnee die Schrift verwischen und das Papier auflösen könnte. Er kommt langsam voran. Erst brennen ihm die Füße und Hände vor Kälte, dann spürt er nichts mehr. Mit dem Oberkörper gelangt er auf den Deich, höher kann er sich nicht mehr ziehen, er bleibt mit Kopf und Brust auf dem Deich kraftlos liegen.

Jemand schlägt ihm ins Gesicht. Es schmerzt nicht. Seine Arme werden auseinander- und wieder zusammengefaltet und auf die Brust gedrückt. Seine Füße werden gerieben und gerubbelt. Er beginnt zu fühlen. Er beginnt zu hören und zu sehen. Der Postbote beugt sich über ihn und tröpfelt ihm Schnaps zwischen die Lippen. Er beginnt zu schmecken. Der Milchmann ist auch da und lacht. Sie heben ihn auf, tragen ihn zum Karren des Bäckers, laden ihn ein, hüllen ihn in Decken und fahren ihn fort.

Er erholt sich rasch. In den weichen Federkissen des Milchmannes liegt er und liest, was ihm der Bäcker gegeben hat:

Öffne das Fenster!
Frische Luft ist dem Menschen so not, wie dem Fische das Wasser,
Oder dem Geist frei denken, so weit ein Gedanke den Flug hebt,

Nicht durch Bann und Gewalt zu den folgsamen Tieren entwürdigt;
Ah! wie der labende Duft da hereinweht!

Ins Zimmer scheint die Sonne. Aus dem Garten hört er den Gesang einer Amsel. Die Augen schließt er und hört der Amsel zu. Hört nur zu.

Er glaubt sich gesund. Er lädt alle Freunde ein. Aus seinem Manuskript will er ihnen vorlesen. Sie kommen alle. Er schlägt sein Werk auf, räuspert sich, es tritt Stille ein, aber er liest nicht. Na los, rufen die Freunde. Er atmet tief durch und will ganz ruhig werden. Doch die Zeilen verschwimmen ihm vor den Augen, er kann nur noch Bruchstücke erkennen: definiert Subjektivität wie / versteht man unter Objektivität hier einmal das / ist notabene alles dialektisch; er erfaßt den Zusammenhang nicht, er versteht das nicht, er kann das nicht lesen, das sind doch nicht seine Gedanken, wackelt nicht schon ein Lehrer mit dem Kopf, und reibt sich nicht schon ein Professor das Auge, aber seine Augen fassen nicht, was er selbst geschrieben hat, doch: hat er das selbst geschrieben, das haben doch nur die Überichs durch ihn geschrieben, er sieht immer nur den einen Satz, schon spürt er, wie die Luft ihm wegbleiben will, der Schweiß steigt schon, da schlägt er das Manuskript zu, den einen Satz behält er auch so, er wirft das Manuskript aus dem Fenster, steht auf, reckt die Glieder und sagt den einen Satz: *es kömmt darauf an, sie zu verändern.*

Er fühlt sich frei. Er fühlt sich leicht. Er fühlt sich wie ein ganzer Mensch. Er fühlt sich nicht mehr fremd.

Die Freunde klatschen. Der Vater setzt sich ans Klavier und spielt: *We are all in a yellow submarine.* Der Vater raucht eine dicke Zigarre dabei, er tanzt mit der Mutter, er trinkt Bier, die Mutter lacht laut. Eine Zwei-Liter-Flasche italienischer Rotwein wird herumgereicht. Alle singen. Sie haken sich ein, tanzen und lachen, sie ziehen sich alle aus, auch der Philosoph H. ist ein Mensch, und laufen in den Garten, lassen den Regen auf ihre Körper platschen, der Regen rinnt Gertrud vom Kopf, am Mund vorbei, über die Schultern und die Brüste, er sammelt sich in ihren Schamhaaren. Schön sind Gertruds Brüste, die Brüste der Mutter sind schön, die Brüste der Frau und die der Tochter des Milchmannes sind schön. Alles ist schön, der Bäcker schlägt die Hände über seinem Kopf klatschend ineinander, dreht sich im Kreise, sein dicker Bauch tanzt im Gegentakt. Ein neues Leben beginnt.

Wie sieht das neue Leben aus?

Vielleicht: Er kehrt ins Hügelhaus zurück. Die sumpfigen Wiesen entwässert er. Kompost schichtet er auf und legt Beete an. Erdbeeren und Kirschen, schwarze Johannisbeeren und Äpfel, Kartoffeln, Zwiebeln, Lauch, Kohl und Kräuter, dazwischen Sonnenblumen und Rosen, Dahlien und Astern, auf der Wiese mit Margeriten, Salbei und Glockenblumen eine Ziege, zwei Hühner und ein Hahn, der Hund – Gartenlaube: So sieht doch das neue Leben nicht aus.

Vielleicht: Gertrud zieht ein. Morgens erwachen sie gleichzeitig mit der aufgehenden Sonne. Der Wecker der befreiten Natur. Die Hühner werden gefüttert, die Ziege bekommt frisch gemähtes Gras. Dann sitzen sie auf der Veranda und frühstücken Schwarzbrot und Milch. Was getan werden muß, wird von beiden getan. Wer Lust hat, im Garten oder in den Büchern zu arbeiten, tut es. Wer ein Bild malen will, soll ein Bild malen. Am Mittag wird unter dem Kirschbaum die Decke ausgebreitet und gegessen, was zusammen bereitet wurde. Wenn sie beide Lust dazu haben, fassen sie sich an: Die Schläfen und das Ohrläppchen sind kühl, in den Augenwinkeln glaubt die Zunge, den Puls schlagen zu hören, den Schweiß schmecken, alles riechen, sich zusammentun, sich vereinigen, viel Zeit haben, sich miteinander bewegen, reden, Weintrauben essen, sich die Hände streicheln, sich über die Liebe unterhalten und einen Orgasmus dabei bekommen, schreien, lachen –

Warum verkommt mir das, was keinen Ort hat, zu einem kleinen Bildchen? Meine Phantasie malt rückwärts. Ich werde mich an den Kopf schlagen und in die Backe kneifen müssen. Gib dir Mühe.

Vielleicht: Sie wandern über den Deich. Sie kehren in die Stadt zurück. Sie wohnen alle zusammen in einer Wohnung, in einem Haus, in einer Straße, in einer Stadt: die Alten und die Jungen, die Kinder und die Eltern, die Studenten und die Verdiener, der Türke, die Cutterin, die Sekretärin, der Drogist, die Juristin, der Müllfahrer. Was verdient wird, gehört allen. Sie verlieren den Neid. Sie wollen nicht mehr der Erste sein. Sie wollen nicht mehr Geld verdienen, ein größeres Auto haben, die schönere Frau haben als die andern. Sie lernen sich berühren, sich verstehen, sie lernen den Mut zu tun, was sie für richtig halten. Sie vergessen die Eifersucht. Sie regeln ihr Leben so, daß keiner betrogen wird. Sie erzählen und hören zu. Keine Angst mehr. Keiner verkriecht sich mehr. Keine Magenkrämpfe. Keine Kopfschmerzen. Kein Tuscheln hinter dem Rücken. Kein Onanieren. Kein Selbstmord, und niemand grüßt kreuzweise mit Spiegel und Rasiermesser. Kein Schreiben –

Ein neues Leben beginnt. Aber das sind nur die Träume des alten. *Das Neue ist die Sehnsucht nach dem Neuen, kaum es selbst, daran krankt alles Neue.*

Die Fabriken sollen befreit werden. Keiner soll arbeiten, damit sich ein anderer eine Villa, drei sichere Autos, eine Motorjacht, ein Ferienhaus am Luganer-See und einen Volksvertreter kaufen kann. Keiner soll herstellen, was er nicht bezahlen kann oder was kaputtgeht, wenn er es gekauft hat.

Die Krankenhäuser sollen befreit werden. Keiner soll mehr sterben, weil er kein Geld hat.

Die Schulen und Universitäten sollen befreit werden. Die Lehrenden sollen aufhören, die Person mit der Stellung zu verwechseln.

Die Frauen sollen befreit werden. Die Bauern sollen befreit werden. Die Soldaten, die Verkäuferinnen, die Kinder, die Beamten.

Das Land muß befreit werden von denen, die ihm einreden, Recht und Freiheit und Demokratie sei das, was ihnen nützt, um mehr Macht und Geld zu besitzen.

Ein neues Leben muß beginnen! Ich weiß es: *Der Kommunismus als positive Aufhebung des Privateigentums als menschlicher Selbstentfremdung; er ist die wahrhafte Auflösung des Widerstreits zwischen den Menschen mit der Natur, und mit den Menschen, zwischen Freiheit und Notwendigkeit, zwischen Individuum und Gattung.*

Ich weiß. Aber meine Vorstellungskraft ist gelähmt. Meine Phantasie ist auf einem Auge blind. Das Positive krieg ich nicht hin. Zukunftsvisionen stellen sich nicht ein. Meine Gefühle sind andere als meine Gedanken. Meine schlechten Gefühle sind stärker als meine guten Gedanken. Ich fühle kein neues Leben. Ich fühle die *Bilder der sozialen, neurotischen und wahnhaften Fesselung, der Feindschaft, des Versagens, des Unglücks und des Todes.*

Widerstände.

Nicht wieder zurücksinken!

Schnee ist überwindbar!

VIII

1966.

Großer Spiegelreport – oder: nicht die Wirklichkeit durch Träume, sondern die Träume durch Wirklichkeit ersetzen!

Erhard beteuert, er werde dieses Gesindel, diese sozialistischen Störtrupps, diesen organisierten und feigen Mob, diese Lümmels und Uhus, die sich in und mit der SPD breitmachen, niemals in Deutschland an die Macht kommen lassen. Barzel stürzt Erhard.

Kommt es zu einem Redneraustausch Erler–Ulbricht? Wird Justizminister Jaeger Ulbricht verhaften, wenn der die Bundesrepublik betritt?

In Marburg wollen sich die Studenten nicht gefallen lassen, daß die Heimmutter den verbotenen Geschlechtsverkehr belauscht und die Liebenden vor die Tür setzt!

Wird Gerstenmaier die CDU retten?

Endlichendlich: Koeppens neuer Roman ›Fragment‹.

Vor der Gedächtniskirche wäscht sich vor tausend Zuschauern ein Mädchen die Brust und führt das Gammlertum in die Republik ein.

In Vietnam fallen schon mehr Amerikaner als Südvietnamesen.

Übrigens: Jeder 50. Student ist schäbig angezogen. 90% der Studenten sind *sattelfeste Demokraten* und sehen ihr Ziel darin, *an sich selbst zu arbeiten, für andere Menschen da zu sein, liebenswürdig zu sein, viel Zeit für das Privatleben zu haben;* 55% begrüßen die Notstandsgesetze; Vorbilder: C. F. von Weizsäcker (42%), Adenauer (36%), B. Beitz (28%), W. Neuß (16%), Abs (15%), Brandt (10%), Springer, Lübke und Kulenkampff (8%). Übrigens: Die meisten sind noch Jungmänner und -frauen! Der, der nach E. Kuby ein Mädchen mit langen Bubihaaren und heißen engen Höschen sein soll, der, der in Princeton die Dichter auszankte, der soll Peter Handke heißen.

Die Währung verfällt, bei Krupp wilde Streiks, aber Schmücker, NRW-Meyer und IG-Bergbauchef Ahrendt gelingt es, mit 5% mehr Lohn die gefährlichen Funken von links und rechts zu löschen.

Wird Schröder die CDU retten?

›Abschied von gestern‹. ›Blow up‹.

Kommilitonen, demonstrieren Sie gegen den Mord an Benno Ohnesorg!

Staatsbegräbnis für Konrad Adenauer.

Putsch in Griechenland.

Große Koalition! Jetzt treten wir aus der SPD aus, oder?

Die übertriebene Generation – Jugend 1967. Notstandsgesetze – Kriegsrecht im Frieden. Die Affäre HS 30. Revolutionär Dutschke. Der junge deutsche Film. Verpflanztes Herz. Roter Sturm in Vietnam. Deutschlands Professoren – Götter oder Fachidioten. Revolte in Warschau und Prag. An Vietnam gescheitert: Johnson. Studenten auf den Barrikaden. Dutschke niedergeschossen, und die Sympathie für die Studenten sinkt bei 75% der Berliner. *Karl Marx. SPD in der Talsohle. Prag – der neue Kommunismus. Französische Revolution. De Gaulle am Ende. R. F. Kennedy erschossen. SDS-Revolution in Deutschland. Der Springer-Verkauf. Sowjet-Schatten über Prag. Che Guevara – Erlöser aus dem Dschungel / Papst Paul VI. – Nein zur Pille. Biafra. Tschechische Tragödie. Tschechische Tragödie – Zweiter Akt. Mitbestimmung. Wahlsieger Nixon. Sex – Schaulust oder neue Moral. Währungskrise. Menschen zum Mond. NPD-Verbot. Wehrdienstverweigerer. Gewalt gegen Gewalt. FDP hält durch – Bundespräsident Heinemann. Karl Schiller – Trumpf der SPD. Währungsverfall. Weihbischof Defregger. Günter Grass – Literat im Wahlkampf.*

Wahlschlacht um die Mark. Wie wählen die Frauen. Wahl am 28. Sept. 1969. SPD/FDP – Machtwechsel in Bonn.

Gertrud hat ihr Examen gemacht. Bruno hat sein Examen gemacht.

Gertrud hat eine Stelle angenommen in Emmendingen. Bruno will in Freiburg den Doktor erwerben.

»Wenn Sie zusammen in diese Wohnung ziehen wollen, dann müssen Sie aber schon heiraten.«

Also heiraten sie und beziehen die Wohnung in Emmendingen: zwei Zimmer, Bad, Kochnische zu 240,– DM.

Die große Zeit der Träume ist vorbei. Die ersten Prozesse gegen die Studenten werden eröffnet. Haschischwelle, Pornowelle, Versöhnung mit dem Osten – *Stabile Preise oder Geld für Reformen?* Ist die SPD noch unterwegs zum Sozialismus? Sind die Universitäten noch rot? Hat sich die Revolution auf die Reinhaltung unserer Flüsse und Seen verlagert? Rettet Strauß die CDU? Zuviel Sex? Hand aufs Herz, diese Linke, ich meine der Mai 1968, also die Studentenbewegung, war die mehr als ein pubertärer Rülpser?

1969.

IX

Wir werden es besser machen.

Bruchstücke einer großen Konfession.

Nach einer Demonstration für die Unterstützung der neuen Allende-Regierung (was der Osten in Prag, wird doch wohl der Westen in Chile nicht verhindern: das Beispiel, daß Freiheit, Gleichheit und Sozialismus identisch sind), nach einer Demonstration, in den Seitenstraßen lauert die Polizei mit Schlagstock, Sturzhelm und Wasserwerfer, wir haben Angst vor der Polizei, vor den fotografierenden Unauffälligen am Straßenrand und den mitlaufenden Kommilitonen, die uns denunzieren werden, um die Freiheit und ihre Hilfskraftstellen zu retten, nach der Demonstration klüngeln wir noch zusammen herum, wir ziehen unsere Parkas aus, wir sind froh, daß sie uns nicht durchnäßt, geprügelt und eingesperrt haben, wir sind auch froh, daß wir nicht zu feige waren, eine Meinung zu haben und zu demonstrieren, nach der

Demonstration schlägt jemand vor: He, Leute, laßt uns übers Wochenende am Altrhein campen. Den VW-Bulli packen wir voll, mit 80 Sachen preschen wir durch Freiburg, Jethro Tull mit voller Pulle, die Fenster offen, unsere Haare fliegen, einer bollert mit der heraushängenden Hand den Takt von außen auf die Autotür. Im Einkaufszentrum poltern wir in unseren Clogs hinter dem Drahtwagen her, werfen Beutelreis hinein, ein paar Büchsen Gulasch und was Grünes wegen der Gesundheit, Valpolicella dazu, ein Paket Streichhölzer geht direkt in die Tasche, beklaut den, der euch bestiehlt, im verrosteten und verbeulten Bulli über den Kaiserstuhl, Woodstock mit voller Pulle, die Damen im weißen BMW-Automatic schütteln den Kopf, die Fenster offen, unsere Haare fliegen. Am Abend liegen wir ums Feuer, vom Rhein her ab und zu noch Schiffslärm, Mücken verbrennen in den Flammen, wir trinken und sind uns darüber einig: SPD zu wählen ist immer noch besser als gar nicht oder ADF zu wählen, schließlich besteht die SPD ja nicht nur aus Schmidt und den Kanalarbeitern; und es geht doch voran, daß selbst kaum ein Professor noch die CDU wählt, ist doch schon etwas, die ist passé, die Ostverträge und die Geldner-Geschichte haben ihr den Rest gegeben; Barzel, so gehts nicht. Darüber sind wir uns einig: Gewalt ist kein Mittel gegen die Gewalt der Herrschaft und ihre repressive Toleranz; gewiß, wer freut sich nicht vor dem Fernseher und bei Bier, wenn Mahler und Baader wieder eine der seriös betrügenden Banken geknackt haben, aber andererseits: denkt nur an Graf Spreti; ins Gericht zu scheißen, ist nur ein Spektakel, das die bürgerliche Justiz nicht entlarvt; beim Straßentheater die Faust zu schütteln und die befreite Brust unter der durchsichtigen Bluse beben zu lassen vor dem einen stehengebliebenen Rentner, ist nicht die Mobilisierung der Massen; wenn wir beim Vietnam-Teach-In den Saal verdunkeln, Sirenengeheul, Flugzeuggedröhn, Bombenplatzen hineinjagen, vertreiben wir die Leute nur, sie bekommen Angst und zahlen es uns, wenn ihre Zeit gekommen ist, mit Zins und Zinseszins heim; es wird schlimmer sein als vorher; aber das ist doch schon was, daß wir mehr Demokratie wagen, daß die Eltern sich gegen die Schulbehörde wehren, die Anwohner gegen die Straßenplaner, daß die Arbeiter ihren Betrieb übernehmen, daß die Professoren Kritik zulassen und die Seminarleitung abgeben und sich melden wie wir, daß die Frauen nicht mehr nur kochende, fütternde Geschlechtsteile sein wollen, daß die Autoren nicht mehr Dichter sind. Es hat sich doch was getan. Wir lesen nicht mehr nur ›Die Zeit‹, wir setzen uns in den Kneipen zu Arbeitern, auch zu einem

Türken oder Griechen, wir verteilen Flugblätter auf dem Wochenmarkt und streiten uns mit dem CDU-Redakteur der unabhängigen Heimatzeitung, wir kaufen nicht mehr das neueste Deodorant und rasieren uns nicht mehr jeden Tag, wir duzen uns, wir treten aus der Kirche aus und nicht nur, um die Steuern zu sparen, wir holen nach, was uns vorenthalten wurde: Wilhelm Reich und Rosa Luxemburg, wir haben endlich gelernt, die skeptische Generation zu sein, wir feiern nicht mehr Weihnachten, indem wir die Warenhäuser und Pop-Boutiquen leerkaufen. Das ist doch schon etwas: Wir reden miteinander, wir haben zusammen eingekauft, keiner hat sich beim Essenkochen gedrückt, keiner hat dabei große Töne gespuckt, daß er es eigentlich gewohnt sei, das Gulasch kroatisch und mit einer zerdrückten frischen Knoblauchzehe zuzubereiten, wir haben alle abgewaschen, wir haben uns unterhalten und nicht zerspalten in Rechte, Liberale, Linke 1 und Linke 2, in Männer und Frauen, in Studenten und Arbeitnehmer, jeder hat mit jedem geredet, und niemand hat zu beweisen versucht, daß die Fußball-Weltmeisterschaft in Mexiko faschistoid oder er, obwohl doch intellektuell, ein waahnsinniger Fußballfan sei. Das ist doch schon etwas, daß wir die Hand nicht erschrocken wegziehen, wenn wir uns zufällig berühren, daß wir uns ansehen beim nächtlichen Bad ohne Kleider, und keiner will den anderen erobern, erwerben, besitzen, kriegen, sich kriegen lassen, genommen werden, sich unterwerfen.

Wir werden es besser machen. Es geht voran.

Darüber sind wir uns einig: Die Verhältnisse müssen sich ändern. Wir müssen die Verhältnisse ändern. Wir werden die Verhältnisse nicht ändern, wenn wir uns nicht ändern, unsere Wünsche, unsere Träume. Das, was in uns ist, müssen wir verbessern. Die Erweiterung unseres Bewußtseins darf nicht nur die Vergrößerung unseres Wissens sein. Wenn wir unsere Gefühle nicht verbessern, wenn sich unsere Innerlichkeit nicht verbessert, dann haben wir verloren, dann bleibt alles beim Alten.

Aber es geht ja voran. Wir werden es besser machen.

Wir werden als Lehrer nicht nur auf die Einhaltung der Klassendisziplin achten. Wir werden als Rechtsanwälte nicht nur die lukrativen Aufträge übernehmen. Wir werden als Ärzte keinen Unterschied machen zwischen Kassen- und Privatpatienten. Wir werden unseren Kindern Brüder und Schwestern sein. Wir werden unsere Titel nie gebrauchen. Wir werden sagen, was wir meinen, auch unseren Vorgesetzten. Wir werden nicht als Mercedes-Fahrer dem Käfer die Vorfahrt nehmen. Wir nicht. Wir müssen es besser machen.

Gertrud, wir wollen zeigen, daß wir den Mut und die Kraft haben für das Neue.

Wenn wir verschränkt beieinander liegen, danach, oder einfach so, dein Kopf auf meiner Schulter, die Beine übers Kreuz und in die Quer, spüre ich nach einer Weile, kein Gewicht mehr, keinen Widerstand, keine Grenze, nicht die Last deines Körpers, nur wenn deine Haare mich an der Nase kitzeln, oder du mit dem Bein zuckst im beginnenden Schlaf, merke ich, daß wir zwei sind.

Alltägliche Morgende. Ich habe noch die Augen geschlossen und höre Gertrud sagen: Ich gehe jetzt zur Arbeit – Stell bitte den Mülleimer raus – Beim Spar gibt es billigen Quark – Wann kommst du aus Freiburg zurück – Ich liebe dich, Ade. Ich liege, noch in Schwebelage, höre, was von draußen reinkommt, jetzt hat sie die Tür zugezogen, gleich scheppert der 2 CV los, dann die Stöckelschuhe der Sekretärin aus dem dritten Stock *(Über ihre Hingabe kann man sich gar nicht erlauben nachzudenken),* nebenan singt der von der Nachtschicht heimgekommene Italiener unter der Dusche O sole mio, mach nicht so einen Krach, Itaker, aber es nützt ja nichts: aufstehen, in den Wald und trimmen, zwei Schritte einatmen, zwei Schritte ausatmen, ein Hase kreuzt den Weg, mir brennt die Luft in der Lunge.

Alltägliche Nächte. Gertrud sagt, ich solle doch endlich ins Bett kommen, und schon ist sie beim letzten Wort eingeschlafen. Ich beginne das neueste Buch voller Klugem über den Sinn der Germanistik, komme dennoch nicht weiter, ziehe die Farben aus der Schublade und male ein Bild. Ich will etwas zustande bringen, das von mir ist. Aus dem offenen Schlafzimmerfenster über uns schreit die Frau: der Siech, jeden Abend in der Wirtschaft, aber zu schlapp, sie einmal abzuvoggele, und er brüllt zurück: La mir schlofe, geile Katz, du saugeile. Ich male weiter, zu viele Mauern auf dem Bild. Durch den Türspion sehe ich den Bundesbahninspektor, der sich für etwas Besseres hält in diesem Arbeiterblock, besoffen auf die Treppe kotzen und seiner Frau, die mit dem Lappen das Zeug wegputzt, unter den Bademantel greifen. Gertrud schläft. Immer schläft sie in meinen Nächten. Nur am Sonntagmorgen, wenn mir der Kopf brummt vom mitternächtlichen Umtrieb am Schreibtisch, wenn jedes Staubkorn in der Sonne sichtbar flimmert, wenn die Helligkeit jeden Wulst des Körpers ausleuchtet, wenn alles riecht und übel auf der Zunge schmeckt, wenn wieder ein unvollendeter Traum hinter mir liegt, dann ist sie wach und will mich nicht weiterschlafen lassen.

Eines Abends laufe ich vom Bahnhof schnell nach Hause, werfe die Mappe mit Schwung in die Ecke, hocke mich erstmal aufs eigene Klo und pfeife. Gertrud setzt sich neben mich auf den Badewannenrand. Ich streichle die Knöchel in ihrer weichen Hand: Stell dir vor, endlich habe ich den Professor erwischt, er ist einverstanden, er nimmt mich als Doktorand, er hat auch nichts gegen das Thema der Doktorarbeit: ›Epische Subjektivität, die Wurzeln des modernen Romans in Deutschland‹. Ich ziehe ab und wackle mit den um die Füße schlappenden Hosen in die Küche, hole eine Flasche Bier aus dem Kühlschrank, sie zischt beim Öffnen, ich sage: Also das mit den Wurzeln ist noch nicht das Wahre, klingt zu sehr nach Rüben, aber sonst bin ich glücklich, jetzt kann es losgehen. Ich trinke und seufze Ah. Gertrud nimmt mir die Flasche aus der Hand, will auch mal trinken, ich lache laut, denn noch immer kann sie nicht aus der Flasche trinken, sie saugt sich fest, es furzt und spritzt, sie wischt sich den Schaum von der Oberlippe und erzählt, daß sie in die IG Metall eingetreten sei, weil es ihr gestunken habe, daß eine Arbeiterin in ihrer Abteilung zwei Tarifklassen niedriger eingestuft worden sei als die Männer, die genau das Gleiche täten, der Betriebsratsvorsitzende habe ihr lange die Hand gedrückt, organisierte Angestellte, Frauen, die bräuchten sie bitter, sie solle gleich Vertrauensfrau werden. Na, wenn das kein Grund zum Feiern ist. Da hole ich sofort eine Flasche vom Besten.

Wenn ich nicht spätestens um 9 Uhr am Schreibtisch sitze, zu Hause oder in Freiburg, fühle ich mich nicht in Ordnung, nicht sauber. Muß ich nach Freiburg, renne ich zum Bahnhof, um den morgendlichen Trimmlauf einzusparen. Verschwitzt sitze ich dann im Seminar oder zwischen Türmen von Büchern in der Bibliothek, häufe Stöße von eng beschriebenen Karteikarten auf, lese, exzerpiere, notiere Gedanken, aber noch immer habe ich keinen genauen Plan für meine Arbeit: Soll ich mit der Geschichte des Romans oder mit der Klärung der Begriffe anfangen? Und immer viel zu schnell müde, zu leicht bleiben die Augen bei der Fliege hängen, die dem Vordermann über die Schulter läuft. Da hilft kein Tee. Und immer finde ich das, was ich mir überlegt habe, schon längst und besser woanders aufgeschrieben. Und ich bin noch bei Hegel. Alle sind mir immer schon voraus. Es hat keinen Zweck: Mit schleppenden Beinen gehe ich zum Bahnhof. Doch im Zug fallen Pläne über mich her, voller Ungeduld renne ich vom Bahnhof nach Hause, Gertrud kann ich nur Nahmt zurufen, an den Schreibtisch, die Hände fliegen, kein Gedanke darf verlorengehen, ich notiere alles auf Zettel, die ich in Zigarrenkisten verwahre. Manchmal kommen die Pläne wie Güsse, die Aufgaben und die Titel der noch zu lesenden Bücher, vor allem nachts, wenn ich nicht einschlafen kann, oder beim Geschirrspülen, beim Saubermachen ist es am schlimmsten.

Sie kommt aus dem Werkstor, inmitten der Kollegen, debattierend und zwischendrin Ade nikkend, das Auto und mich hat sie erkannt, sie kommt auf mich zu, sie diskutiert, ich sehe sie aufgeregt wie immer, wenn es um die Sache geht, mit den Händen schelten beim Versuch, den andern zu überzeugen, dann hört sie gespannt zu und schiebt dabei mechanisch ihre Umhängetasche ständig die Schulter hoch, steckt sich die lockeren, frisch gewaschenen Haare aus der Stirn hinter die Ohren, nun drängt sie wieder mit Argumenten auf den andern ein, der eine eingerollte Brotzeitmappe unter dem Arm trägt, und skandiert mit den Händen, plötzlich lachen sie, sie gibt dem Kollegen die Hand, lachend kommen sie auf mich zu, ihre Knie unter dem Saum des Trägerkleides wie kleine Schilde, braun und aus Samt, ich höre sie Gutnacht sagen, obwohl es noch keine halbfünf ist, der Kollege scherzt, aber ich verstehe den Dialekt nicht, den sie schon beherrscht, sie stehen neben dem Auto, im Fensterausschnitt ihr Ellenbogen, die Haut an seiner Spitze ist schrumpelig, auch die Ausbeulung des Kleides an ihrer Brust sehe ich, jetzt öffnet sie die Tür, sie ist da, ich rieche sie, sie faßt noch etwas abwesend meine Hand, es ist schön, sie sitzt neben mir, ich bin wieder komplett. Wir fahren nach Freiburg, kaufen ein, essen Eis, sehen ›Flesh‹. Auf dem Münsterplatz hält es uns nicht lange zwischen den letzten bemützten und bezipfelten Verbindungsstudenten, die überlebt haben und noch immer mit roten Gesichtern aus den großen Krügen Bier trinken, wobei sie die Touristinnen aus den Winkeln ihrer Argusaugen abgreifen, dann reden sie weiter und so laut, daß keiner es überhören kann. Auf der Rückfahrt nach Emmendingen schlagen Juni-Käfer gegen die Scheibe. Ich rase diesmal nicht. Sie hat die Schuhe ausgezogen und die Füße gegen die Windschutzscheibe gestellt. Der Rock ist so hochgerutscht, daß ich den Zwickel ihrer Unterhose sehe. Sie erzählt: Wenn sie mit dem Metaller-Blättchen durch die Abteilungen geht, sehen die älteren Sekretärinnen an ihr vorbei, die feschen Breitschlips-Angestellten aus dem Einkauf und der EDV nageln sie fest und fragen sie aus, wo denn die Gewerkschaft ihr Geld lasse, das von den Mitgliedern stammt, gebe es denn größere Kapitalisten als den Papst und die Gewerkschaften, eigene Flotte und Sektfabrik, die Funktionäre mit Villen und dicken Autos, aber im Konsum könne man nicht für einen Pfennig billiger einkaufen, und vom durchgedrückten 624-Mark-Gesetz würde keiner reich, und da wollen Sie, Fräulein, uns für die Gewerkschaft werben? Sie kann sich nicht wehren, sie weiß noch zu wenig Genaues. Im Betriebsratsbüro erklärt ihr ein älterer Kollege, kurzatmig und mit roten Augen, vieles geduldig. Was sie mit dem au alls zum Schwätze het, fragt sie danach ein Kollege, das sei doch der Kumnischte-Karle.

Wo sie nur bleibt? Warum kommt sie nicht sofort nach der Arbeit nach Hause und zu mir? Während ich das Wasser in das Becken laufen lasse und den Feldsalat hineinschütte, denke ich: Es ist schön, zusammenzuleben und an einem Ziel zu arbeiten, gemeinsam voranzukommen. Das Wasser ist in dieser Jahreszeit schon ziemlich kalt, und der Feldsalat hat so viele Ecken, in denen der Sand hockt. Es gibt, denke ich, allerdings auch Situationen, in denen eine bestimmte Arbeitsteilung sinnvoll ist; ich zum Beispiel trage meine Arbeit ständig im Kopf mit mir herum und kann gewisse mechanische Arbeiten einfach schwer ertragen. Wenn das Wasser so kalt ist, werden auch die Hände rasch kalt und schmerzen. Es war ja nicht unbedingt notwendig, daß sie nicht nur

Vertrauensmann, sondern auch Vertrauens-Obmann wurde und jetzt auch noch samstags fort ist, um in irgendeiner Vertreterversammlung abzustimmen, wie die Verwaltungsstelle es wünscht. Das Hinabbeugen über die zu niedrige Küchenspüle verursacht beim Salatputzen das Gefühl eines überspannten Bogens im Rücken. Sie treibt sich herum, und ich soll das Essen machen, als wenn ich weißgott nichts Besseres zu tun hätte; Mensch, was hätte ich zu tun, was könnte ich für Überlegungen anstellen, immer schon wollte ich mal wissen, ob sich eigentlich die Darstellungen von Internatserfahrungen im Laufe der Zeit wesentlich ändern, und wie es kommt, daß Kunst zur Autobiographie wird, und was ich alles noch lesen müßte: Habermas-Luhmann, Mead, wenigstens einmal die Einleitung zum ›Kapital‹, unter diesen Umständen kann ja nichts aus mir werden. Eine fein gehackte Zwiebel gehört in den Salat (ich könnte ihn auch so essen, aber sie!). Wenn man beim Zwiebelschneiden mit vor Kälte schmerzenden Händen und mit tränenden Augen sich auch noch mit dem vom Ehepartner frisch geschärften Messer in den Daumen säbelt, dann brennt nicht nur der Saft der Zwiebel in der Wunde. Diese Scheiß-Ehe, wie kann ich auf die verzichten, auf den Pflicht-Beischlaf und die gewaschene Wäsche, ich will endlich wieder ich sein und tun, was ich will, wann ich will, wie ich will, ich habs satt und schmeiße diese Scheiß-Zwiebel an die Wand, soll den Scheiß-Salat fressen wer will, ich haue ab, ich fahre nach Freiburg zum Arbeiten, soll sie mich doch am Arsch lecken mit ihrer Scheiß-Gewerkschaft.

Wir haben die Arme umeinander gelegt und gehen im Gleichschritt stumm durch die Siedlung in Emmendingen. In den Vorgärten blühen noch Rosen, ihre Blätter haben sich an den Enden eingerollt; von den dicken Knospen der Dahlien sind schon viele aufgesprungen. An den Gartentörchen hängen schmiedeeiserne Postkästen, ein gelbes Posthorn, eine gelbe Postkutsche ist darauf gemalt. Zwischen aufgeschlitzten und weiß angestrichenen Autoreifen, schwimmende Stahlgürtelschwäne, weiden Rehe aus Ton und angeln Gartenzwerge unentwegt und lächelnd. Da wohnt Kumnischte-Karle, er ist ihr neulich mit Hawa, Ha-i-mon, Ebbe, So-it beigesprungen, als sie in der Vertrauensleute-Versammlung kritisierte, daß der Betriebsrat der Erhöhung der Kantinenpreise um 10% zugestimmt hat. Kumnischte-Karle steht im Garten. Um seinen runden Bauch spannt sich eine grasgrüne Schürze. Kummets, sagt er und zeigt uns jeden Kohlkopf und die jungen Hasele im Stall, die Laube, in der er mit den Genossen

Bier trinkt und manchmal auch die alten Lieder singt aus der Spanien-Zeit. Nei, sagt er und schüttelt den Kopf, mir gent nië uf! Dann müssen wir mitvespern, Speck und selbstgemachte Schwarzwurst und Moscht aus den Äpfeln vom eigenen Baum. Guet, odder? Satz für Satz geraten Gertrud und Karle in einen freundlichen Streit, sie verbeißen sich, bekommen rote Köpfe, ich höre immer nur Mitbestimmung, den Dialekt verstehe ich nicht, es interessiert mich auch nicht.

In der Fachschaftsversammlung, wieder sind viel zu wenige gekommen, geht es darum, ob wir uns an der akademischen Selbstverwaltung beteiligen oder alle Mitarbeit in den Gremien einstellen sollen. Warum denn bei dem Rest von Vorschriften, den das Ministerium und die Verwaltung den Professoren über uns zu verhängen übrig gelassen haben, auch noch mithelfen? Recht hat er. Aber wir müssen das Schlimmste verhindern. Der hat auch Recht. Verhindern können wir gar nichts, sie werden versuchen, uns Kompromisse abzuluchsen, um hinterher sagen zu können: Ihr habt es ja selber so gewollt; es wird ihnen gelingen, denn sie haben die Macht; sie wollen uns nur als Reklame-Hampelmänner für ihr demokratisches Kasperletheater; oder hat man einmal erlebt, daß die Anträge der Studenten beschlossen wurden;

hat man auf uns auch nur so viel Rücksicht genommen, daß wir zum Beispiel das beigebracht bekämen, was wir in unserem Beruf auch gebrauchen könnten? Nein; das stimmt auch wieder. Hier forscht und lehrt doch jeder, was ihm Spaß macht, und wir müssen die Suppe auslöffeln später, das ist deren akademische Selbstverwaltung! Wie Recht er hat. Von der bürgerlichen Wissenschaft ist nichts zu erwarten! Wir müssen uns auf den Boden der arbeitenden Massen stellen! Unsere Kopfarbeit hat den Bedürfnissen der Basis zu dienen! Sprengt die Seminare! Auf zum Go-In ins Rektorat! Beteiligt euch massenhaft an der Projektgruppe Bildungsökonomie! Weg mit Hahn und Krause! Reiht euch alle ein in den solidarischen Kampf der internationalen Arbeiterklasse gegen die Unterdrückung des vietnamesischen Volkes! Wer nicht Partei ergreift, ist gegen das Proletariat! Nur die Feigen nennen sich liberal und pluralistisch! Es ist ja was dran, aber soll ich meine Biographie umstürzen?

Nach der Arbeit zieht sie sich Hose und Pullover aus, legt sich aufs Bett, die Beine legt sie hoch. Laß mich, sagt sie und schläft schon ein. Manchmal weint sie ein wenig. Ach nichts, sagt sie dann. Die Versammlungen am Abend häufen sich. Sie geht immer später ins Bett, steht aber immer um sechs

Uhr auf. Aber einmal kommt sie wieder erst nach Mitternacht zurück und ist lustig. Sie ist, sagt sie, ein chlibitzeli suffi, und küßt mich. Doch ich sitze auf dem Boden und ordne einmal mehr meine Manuskripte und Exzerpte, Zettelchen und die Literaturverzeichnisse in Mappen, Ordner, Kästchen. Das ganze Zimmer ist übersät mit Papieren, selbst an die Gardine habe ich sie geheftet. Ich muß Übersicht gewinnen. Sie müßte doch sehen, fühlen, daß es mir nicht gut geht. Aber sie erzählt: Zwei Kollegen sind in eine andere Abteilung versetzt worden und bekamen, obwohl man ihnen im Lohnbüro zugesichert hatte, sie stünden sich dabei nicht schlechter, 30 Pfennige weniger in der Stunde. Das macht zwölf Mark weniger jede Woche in der Tüte. Und das deshalb, weil zwar der Grundlohn gleichgeblieben, aber die Prämie, die es nur in der alten Abteilung gegeben hatte, fortgefallen war. Die sind beschissen worden, eindeutig. So machen die es eben. Und da stellt sich die Geschäftsleitung auf der Betriebsversammlung in der Werkshalle hin und beschwört die soziale Partnerschaft. Der Kragen ist ihr geplatzt. Sie ist aufgestanden und an das Pult gegangen, das Herz hat ihr geblubbert vor Aufregung: vor so vielen Kollegen reden, als Frau, die auch noch hochdeutsch spricht. Aber sie haben geklatscht, als sie den Fall dargestellt und ein einheitliches und überschaubares Lohnsystem gefordert hatte, der zersplitterte Lohn arbeitet den Unternehmern in die Tasche. Nur der Betriebsratsvorsitzende hat ihr hinterher den Kopf gewaschen: Klugschwätzerei, da müsse sie aber noch viel lernen, allgemeine Gewerkschaftsrichtlinien schön und gut, doch jeder Betrieb hat seine eigenen Sorgen, er wäre heilfroh, wenn er wenigstens für ein paar Abteilungen, wenigstens für manche Kollegen etwas herausschlüge über außertarifliche Prämien und Leistungszulagen. Trotzdem, es hat etwas genützt. Ich habe Erfolg gehabt. Die zwei Kollegen sind ins Lohnbüro gerufen worden, man wolle nicht so sein, 20 Pfennig lege man drauf, freiwillig natürlich. Das haben sie gefeiert. Rentnerwein haben sie getrunken, Wurstsalat gegessen, hinterher gabs eine Runde Gewürztraminer, den kleinen Italiener, der so eifersüchtig auf seine große, blonde, deutsche Frau ist, haben sie aufgezogen, bis er aufgesprungen ist und gewütet hat: Du halten Maul odder ich dir stecken in Hossesack. Gelacht haben sie, achjeh, so gelacht. Komm, sagt sie, und drückt mir ihre etwas feuchten Lippen auf die Backe, komm, wir gehen ins Bett. Aber sie sieht doch genau, daß ich keine Zeit habe und mir der Schlamassel bis zum Halse steht. Ich muß endlich Ordnung schaffen. Sie geht alleine ins Bett und schläft sofort ein. Ich könnte vor Zorn an die Tür treten. In dem Haus kann ja kein Mensch arbeiten. Ich fange an, ein Bild zu malen. Mit den Ärmeln verwische ich die feuchte Farbe. Ich trinke und sehe auf den Haufen Zettel und Papiere. Meine Arbeit, ach du großer Gott! Ich trinke schneller. Gertrud geht schlaftrunken lächelnd aufs Klo und tritt unbekümmert auf meine Kapitelanfänge. Als sie zurückkommt, streift sie mir kichernd durch die Haare: Na, mein süßer Germanist. Da reicht es mir. Da springe ich auf, es reißt mich hoch. Ich schreie sie an: Jetzt aber Schluß, ich haue ab, irgendwohin, in die DDR geh ich, verdammt, da weiß man noch, was meine Arbeit wert ist, da wird einem nicht alles in Frage gestellt und kaputtgemacht, ich haue ab, mich siehst du nicht wieder. Ich stopfe Portemonnaie und Paß in den Mantel, raffe ein paar Ordner vom Boden auf und schlage die Tür hinter mir zu. Ich werde schon durchkommen, wenn ich auch alles doppelt sehe. Vorsichtig fahre ich durch die Stadt, trotzdem nehme ich in den Kurven mit dem Hinterrad die Bordsteine mit. Irgendwo auf einem Feldweg halte ich und heule. Nachdem die Sterne keine Ringe mehr bilden, und ich schon steife Finger vor Kälte habe, fahre ich zurück und lege mich zwischen meine Papiere. Einschlafen kann ich nicht, der harte Boden drückt. Ich krieche zu Gertrud ins Bett. Im Schlaf ist alles an ihr weich.

Gegen Mittag wache ich auf und will den Waldweg hinunterlaufen und alles ausschwitzen. Weit komme ich nicht. Das Blut dröhnt mir im Kopf.

In der Herrentoilette stehe ich plötzlich vor meinem Doktorvater. Ich nicke hastig Gutentag, traue mich nicht zu pinkeln und tue so, als müsse ich mir nur schnell durch die Haare kämmen. Der Professor sagt beim Hinausgehen, ich solle heute doch in die Sprechstunde kommen. Ich renne zum Bahnhof, in Emmendingen putze ich mir die Zähne und ziehe ein frisches Hemd an, meine Manuskripte packe ich zusammen und fahre nach Freiburg zurück. Um drei Uhr trage ich mich in die Warteliste ein. Um vier Uhr darf der erste Student hinein, um fünf sind nur noch drei vor mir dran, um sechs kommen die Assistenten und müssen nur mal einen Moment mit dem Chef reden, um acht muß der Professor unbedingt ganz eilig in eine Fakultätssitzung.

Die Tür geht, das wird sie sein, ihr Schatten hinter der Glastür, sie schleppt ausgebeulte Plastiktüten in die Küche und sagt Tach. Dann zieht sie das Kleid aus und läßt es einfach auf den Boden fallen, dort wird es liegen bis morgen früh, den BH zieht sie aus und wischt sich den Schweiß unter den Brüsten fort, mit herunterhängenden Armen sitzt sie im Sessel und sagt: Es soll kurzgearbeitet werden, die Vertrauensleute wissen aber von nichts, der Betriebsrat weiß von nichts, die IGM-Verwaltungsstelle weiß von nichts, auch die Geschäftsleitung will sich nicht äußern, aber die Auftragslage sei außerordentlich kritisch, und Kumnischte-Karle sagt: Hawa, Angsch wellet se uns mache, damit wir um den Betrieb zitteret und brav sin, des isch ebbe des! Aber ich habe auch meine Sorgen: Irgendwo in der ›Phänomenologie‹ muß dieser Satz stehen, den ich schon den ganzen Tag lang suche, ich habe vergessen, mir die Seite zu notieren, ich finde ihn einfach nicht wieder, such du doch mal einen Satz bei Hegel!

Gewiß, ohne Gewerkschaften ginge es gar nicht vorwärts. Ich trete in die GEW ein, demonstriere, unterschreibe Listen, halte aber in den Versammlungen mit meiner Meinung zurück, man gerät doch nur in den Fleischwolf von DKP, KBW und rechter SPD. Lieber klebe ich mit den Jusos in aller Frühe – mit weißem Atem radeln die Arbeiter in den Betrieb, ein Student kommt müde heim – Plakate für die Kommunalwahlen an Zäune und Wände; die Politik der Koalition steht auf dem Spiel, Filbinger darf nicht siegen. Beim Flugblattverteilen kann ich mich nicht wehren gegen die Angriffe der Kommunisten und Rechten, genau kenne ich mich nicht aus mit der Steuer- und Rentenreform, dem Ehescheidungsrecht und der Finanzreform. Man kann ja nicht alles wissen. Aber es muß trotzdem anders werden. Was wird denn schon anders? Die Reichen bleiben reich, Privatpatient bleibt Privatpatient, die höhere Tochter wird nie die gleiche Chance zum Pfennigumdrehen haben wie die Verkäuferin, wer hat, dem wird auch weiterhin tüchtig gegeben, sollen die doch ihre Flickwerkreform alleine machen, kriecht ohne mich der FDP und der schweigenden Mehrheit in den Hintern, ich zahle mit meinem Mitgliedsbeitrag für mein schlechtes Gewissen, damit ist es genug.

Sie fragt, ob wir nicht mal um den Block spazierengehen sollen. Wir gehen nebeneinander her. Sie faßt meine Hand und sagt zögernd: Ich kandidiere für den Betriebsrat. Daß sie auf einen verkorksten Germanisten bei der Weltrevolution keine Rücksicht zu nehmen brauche, sei mir klar. Manchmal, antwortet sie, wird mir richtig übel, wenn ich dich nölen höre.

Ich habe mich gut vorbereitet und mir eine These zu Lenz überlegt und notiert. Im Seminar lauere ich auf eine Gelegenheit. Aber ich habe nicht den Mut, mich zu melden; der Atem wird mir fehlen, es wird mir nichts mehr einfallen, die andern werden überlegen grinsen. Jetzt reiße ich den Arm hoch. Und wieder herunter. Niemand hat es bemerkt, Gottseidank. Ich schwitze, mein Herz schlägt mir im Hals. Unter dem Tisch kneife ich mich und will mir Ruhe beibringen. Wer sich nicht bemerkbar macht, kommt nicht voran. Als ich dann rede, weiß ich, daß ich einen sehr roten Kopf habe. Der Professor findet die These recht interessant. Recht interessant, hat er gesagt. Mit offenem Mantel laufe ich durch die Straßen und schnippe mit den Fingern an Häuserwände und Laternen. Der blonden Zigarrenverkäuferin schaue ich tief in die grünen Augen. Auf dem Münsterplatz trinke ich ein Viertele, lasse den Kopf ins Genick fallen und blase Rauchringe in den Himmel. In Emmendingen öffne ich die Wohnungstür mit Schwung. Doch Gertrud liegt auf dem Bett und ist völlig fertig. Ich gehe wieder durch die Straßen. Bierwagen bringen Bierkästen. Die Gartenzwerge angeln unentwegt und lächelnd. Hausfrauen in Kitteln jäten Unkraut. Ein Mann im blauen Anton streicht den Gartenzaun rot. Beim Gehen schießt mir ein guter Plan für meine Arbeit in den Kopf. Perspektiven tun sich auf, Zusammenhänge werden sichtbar, Verfahrensschritte stellen sich ein, wie schön ein Frühjahrsabend sein kann. In der nächsten Wirtschaft kritzele ich den Plan auf einen

Bierdeckel. Schon bin ich halb betrunken. Aber der Kopf wird immer leichter. Ich schleiche um das Kino mit den Sexfilmen, traue mich wenigstens in eine Diskothek. Typen hocken in Lammfelljacken in den Bänken und rauchen. Alle sehen auf das Gogo-Girl, das im Halbdunkel schnippend in sich schwingt. Das Licht rotiert. Ich schrumpfe zusammen in einer Erektion.

Sie ist gewählt worden. Weil sie Bildung hat und eine Frau ist, muß sie die Betriebsratssitzungen protokollieren; außerdem wird sie in die Kantinen-Kommission delegiert. Abends sitzt sie am Tisch und schreibt die Protokolle ins Reine. Oder sie rechnet die Kantinen-Kalkulationen nach. Dazu muß sie sich erst einmal in das Lesen von Bilanzen einarbeiten. Eines Tages schleppt sie Taschen und Kartons voller Milchtüten an; alle Geschäfte hat sie abgeklappert, um rauszukriegen, von wem man am billigsten Milch beziehen könnte. Probier mal, sagt sie, schmeckt die nicht besser? Mir kommt die Milch schon zu den Brustwarzen raus. Ich schreie sie an: Wie stellst du dir das eigentlich vor, aus dem Dreck kommen wir gar nicht mehr raus, sauber gemacht wird nicht mehr, wenn ich es nicht tue, überall Stapel von Unerledigtem, die Naht an den Jeans ist immer noch nicht geflickt, Briefe werden nicht mehr geschrieben, alles dreckig, keine Feste mehr, keine Wanderungen, von der Liebe, von dem bißchen Glück und Ruhe, das ich brauche, um meine Arbeit durchstehen zu können, will ich gar nicht erst anfangen, wie soll man diese Welt aushalten, wenn man nicht sein Zuhause hat! Sie geht ins Bett und zieht sich die Decke über die Ohren.

Ein Assistent teilt es mir im Vorübergehen mit: Ich soll im Kolloquium den Aufriß meiner Arbeit vorlegen. Sofort renne ich zum Bahnhof und fahre nach Emmendingen. Das Haus verlasse ich nicht mehr, schlafe nicht mehr, bis ich am Vorabend des Kolloquiums das Manuskript fertig habe. Die Nacht hindurch tippe ich es sauber ab. Gertrud kann mir leider wirklich nicht helfen, sie muß zum Angestellten-Ausschuß. Mit brennenden Augen lese ich den Aufriß vor. Doch, der Professor findet das Vorhaben nicht übel; es wäre nur zu überlegen, ob nicht das Thema rigoros eingeschränkt, die Theorie des Romans dafür präziser eingearbeitet, und auf jeden Fall die Interpretation der Romane einläßlicher ausgeführt werden müsse. Ein Assistent meint sich zu erinnern, vor gar nicht zu langer Zeit in irgendeiner Habilitation, Titel und Autor seien ihm leider entfallen, Schmidt oder so, genau dieses Thema einschlägig abgehandelt gelesen zu haben. Beim gemütlichen

Wein im Oberkirch erhitzen sich die Gemüter ästhetisch über Viscontis ›Tod in Venedig‹. Kommt das Schöne wieder? Mir ist die Zunge lahm, die Ohren sind mir taub, die Augen blind, Mahler klingt mir in den Ohren, in meinen Augen schwankt leise der graue Horizont des Meeres auf und ab, nein, nicht dichten, nicht flüchten, ich muß arbeiten, soll denn alles vergeblich gewesen sein?

Während sie redet, klimpere ich mit den Fingern, warum stört sie mich in meinen Überlegungen. Der Betriebsratsvorsitzende habe zu ihr gesagt, man sehe es wirklich nicht gerne, wenn sie dauernd mit dem Kumnischte-Karle zusammenstecke, es wäre an der Zeit, in die SPD einzutreten, außerdem solle sie nicht dauernd mit den Kollegen über Gott und die Welt schwätzen, sondern endlich dafür sorgen, daß in ihren Abteilungen der Organisationsgrad erhöht und mehr Beitrag gezahlt wird. Also das, habe der Abteilungsleiter zu ihr gesagt, gehe ja nun nicht, daß sie dauernd für die Gewerkschaft und den Betriebsrat unterwegs sei, statt ihren Arbeiten im Labor nachzukommen. Was geht das mich an?

Ich schwitze schon, wenn ich die Universität nur betrete und die Studenten klug reden oder Flugblätter lesen, die Assistenten die Treppen hinauf und hinunter hüpfen, die Professoren mit erhobenen Augen festen Schrittes wandeln sehe, und alles voller Bücher, ich drehe um und gehe zum Bahnhof zurück, am Bahnhof drehe ich mich um und laufe wieder in Richtung Universität, vor der Universität schlage ich einen Haken, treibe mich im Hertie herum und finde eine Kneipe.

Auf dem Bahnhof treffe ich einen Kollegen von Gertrud. Da hätte ich ja eine tapfere Frau. Auf der Betriebsversammlung habe sie auf den Putz gehauen, weil rausgekommen sei, daß das neue Bohröl, das bei vielen Kollegen in der Produktion Hautausschläge hervorgerufen habe, nur deshalb angeschafft worden wäre, weil der Schwager vom Betriebsleiter Ölfabrikant sei. Der Betriebsratsvorsitzende habe die Sache ja lieber unter vier Augen beilegen wollen, aber im Betriebsrat haben sie Gertrud alle unterstützt.

Im Seminar wird wieder nur über die Relevanz der Literaturwissenschaft gestritten. Natürlich ist alles viel schwieriger als ich dachte. Ich weiß zu wenig. Ich bin zu dumm. Ich werde von vorne anfangen müssen. Es wird nicht besser werden. Die Frau, die mich mit ihrer Einkaufstasche auf dem Weg zum Bahnhof anrempelt, könnte ich ins Gesicht schlagen.

Ich liege auf dem Bett, schneide mir die Fingernägel, lese die Zeitung noch einmal von hinten nach vorn, stehe hinter dem Fenster, onaniere, liege auf dem Bett, schlage Wieland auf und wieder zu, da die Fingernägel schon geschnitten sind, laufe ich durch die Straßen und überlege, was ich mit dieser Arbeit machen soll, bis ich in der Kneipe sitze und die Sorgen nicht in ein Gläschen Wein bringe.

Als sie von der Fahrt zur Frauenkonferenz in Stuttgart zurückkommt, ist sie richtig aufgekratzt. Ich fummele an ihren Brüsten herum. Mein Glied ist hart wie ein Brecheisen. Mit den Händen klappere ich ihren Körper ab und lege mich auf sie. Sie will sich Mühe geben, ich arbeite gewissenhaft und mit Ausdauer. Ihre Scheide wird trocken, mein Glied brennt, ich rutsche immer häufiger raus. Wir schließen nicht die Augen, beobachten uns, es kommt nichts dabei heraus, mit einem Ruck entziehe ich mich, verlasse das Bett und wasche mich, setze mich an den Schreibtisch, springe vom Schreibtisch auf, daß der Stuhl umkippt, ziehe die Wanderstiefel an, renne hinaus und bin in einer Viertelstunde wieder da, sitze am Schreibtisch und kann ›Hermann und Dorothea‹ nicht ertragen, sie hat sich in die Ecke gerollt und schläft, ich male ein Bild, trinke Wein, auch das Bild bleibt hinter meinen Vorstellungen zurück, mit der Pinzette zupfe ich mir alle Barthaare heraus und schneide mir die Nagelhaut, bis sie blutet, als die Flasche leer ist, stehe ich vor dem Spiegel, Rasiermesser kreuzweise, und putze mir die Zähne, bis die Bürste bricht und das Zahnfleisch wund ist, trotzdem bin ich noch nicht sauber.

Sie ist immer öfters fort am Abend.

Ich bin festgenagelt an diesen Schreibtisch, diese Arbeit, über die ich mit keinem reden kann, jeder hat sein Thema. Ich will eine Frau, die mir alle Schwierigkeiten wegorganisiert und meine Bibliographien erstellt. Oder alleine sein. Ganz für mich und die Arbeit.

Die Einladung der Jusos, sich zu beteiligen am Stand auf dem Wochenmarkt, um über die Notwendigkeit von Kindertagesstätten zu informieren, schmeiße ich sofort in den Papierkorb. Für so etwas habe ich keine Zeit. Mein Stipendium läuft ab, ich muß zu Potte kommen. Sollen doch die Familienväter selbst dafür sorgen, ich leiste mir ja auch keine Kinder.

Ab heute kauft jeder für sich ein. Und jeder soll sich sein Essen selber machen. Nach dem Einkaufen fahre ich mit dem 2 CV durch die Waschanlage. Immer muß ich das tun! Als die Bürsten über das Stoffdach brausen, donnern, dröhnend rotieren, als die Heißluft das Dach bis zum Bersten in den Wagen hereindrückt, als das Wasser durch die Ritzen hereinschießt, als alles auf mich zukommt, pfeift, heult, da packt mich die Angst. Wenn ich jetzt draufginge? Was würde aus der Arbeit? Aus dem einzigen, wodurch mein Platz in der Welt beschrieben wäre? Ich rase so schnell es geht irgendwohin. Immer noch ein Stück weiter, bis nur noch Wald um mich ist. Ich renne über Wurzelwege, bis ich falle und auf dem Gesicht liegenbleibe. Steh auf, nur zurück, so darf es nicht enden, ich muß weitermachen, es wird schon gehen.

Sie geht zum Tanz in den Mai des DGB. Sie kommt die ganze Nacht nicht nach Hause. Ich will die ganze Nacht arbeiten, bin aber nur eifersüchtig. Als sie kommt, schreie ich sie an, sie möge doch wenigstens leise sein, wenn ich arbeite.

Sie besucht eine Schulung für Betriebsräte. Eine Woche wird sie fort sein, endlich werde ich in Ruhe arbeiten können, nichts als arbeiten. Ich fahre sie nach Stuttgart. In einem Schwarzwaldtal steigen wir aus und gehen nebeneinander her. Jeder denkt vor sich hin. Beim Brombeerpflücken steche ich mich und fange sofort an zu schreien:

Alles im Eimer und kaputt, ob sie nicht einmal eine Woche für mich freinehmen könnte, einmal ein normales Leben ohne diesen verdammten sozialen Tick, wofür leben wir denn, wenn nicht für uns, für uns allein. Ich brülle, schlage sie und stoße sie ins Brombeergestrüpp, renne zum Auto und rase ein paar Straßen hin und her. Sie steht irgendwo an der Straße und trampt. Ich fahre sie zum nächsten Bahnhof. Als der Zug nach Stuttgart fortrollt, als der Abstand zwischen ihr und mir immer größer wird, liebe ich sie.

Um sieben Uhr renne ich in Anorak und Jeans den Waldweg hinauf und wieder zurück. Um acht trinke ich eine Mischung aus schwarzem und Kräuter-Tee, löffle einen Becher Magerquark, den ich mit Leinöl und Weizenkeimen angerührt habe, schlucke eine Vitamintablette und kaue Trockenhefe gründlich, damit sie gut durchgespeichelt wird. Bis zum späten Abend schaffe ich zwei Seiten Manuskript meiner Doktorarbeit, tief durchdachte, hieb- und stichfest abgesicherte Argumentationen in einer klaren, kompakten Sprache. Ich beginne zu leben. Vor Ungeduld kann ich nicht einschlafen, arbeite also die Nacht hindurch. Als es hell wird, laufe ich über den Waldweg und fülle die Lunge mit frischer, kühler Morgenluft, ich steigere mich zu einem Schlußspurt. Milch und

Möhren. Ich rauche nicht mehr. Den Stuhl polstere ich, weil das Gesäß vom unentwegten Sitzen drückt, mit weichen Kissen. Drei Seiten Manuskript schaffe ich bis zur Nacht. In einem kurzen, halbwachen Schlaf komme ich mit meiner Arbeit weiter voran, so daß ich, als es dämmert, sofort hellwach und voller Arbeitslust bin. Das Manuskript wird dicker, meine Waldläufe länger und schneller, ich nehme ab.

Meine Mutter hat mir das Regal umgekippt; die Wicking-Autos, die mühsam gesammelten Bierdeckel, das heimlich gekaufte Micky-Maus-Heft, die Einzelteile der noch nicht halb zusammengeklebten Me 110, die gelben Bände der Reihe Hanser und alle Farben der Edition Suhrkamp liegen durcheinander auf einem großen Haufen; bring das gefälligst in Ordnung, aber ein bißchen hoppla, sagt meine Mutter; ich bin mein Vater und prügle sie, bis sie auf dem Boden liegt und die Hände über den Kopf hält; dann ficke ich Gertrud von hinten, daß mein Schwanz ihr zum Munde herausstößt. Es ist schon heller Mittag, als ich aufstehe, ich bin aus dem Tritt gekommen. Die vom Traum übriggebliebene Erektion schmerzt. Ich werde nicht aufstehen, nie mehr. Beim Gedanken, ich könnte mich an den Schreibtisch setzen, meine Schrift sehen, ich müßte den Bleistift in die Höhe heben, bricht mir der Schweiß aus. Das Kissen lege ich auf mein Gesicht. Ich springe auf, stürze, ohne zu essen, ohne mich zu waschen, aus dem Haus und fahre im 2 CV immer geradeaus. Ich lande auf der Autobahn. Dann bin ich in Offenburg und stelle fest, daß in Offenburg nichts los ist, ich fahre wieder auf die Autobahn, zurück nach Riegel, fahre ab, doch anstatt das Steuer linksherum zu drehen in Richtung Emmendingen, dreht es sich nach rechts und fährt mich dem Kaiserstuhl zu. In Königsschaffhausen trinke ich ein Viertele Müller-Thurgau, in Bischoffingen zwei Ruländer, in Burkheim drei Spätburgunder, hinter Oberrotweil kotze ich in den Straßengraben, in Oberbergen steige ich auf Kabinett um, dann rase ich mit durchgetretenem Gaspedal durch die Schlangenkurven des Kaiserstuhls, ich überhole auch bei Gegenverkehr, einmal streife ich die Leitplanke und nehme einen Straßenpfahl aus Plastik mit, wenn es mich jetzt gegen den Baum knallte, würde ich mich totlachen, dann bin ich wieder auf der Autobahn und rutsche ein paarmal zwischen Bad Krozingen und Lahr hin und her. *Alles Sichtbare floß ineinander, als blickte man aus einem sehr schnellen Zug in eine sehr grüne Welt,* zu Hause halte ich mich an Schnaps und dänische Pornos.

Wenn ich mit den Fingerspitzen über mein Gesicht fühle, spüre ich die Haut wie ein Geröllfeld. Die Augen sind gerötet und gelblich. Dunkle Tränensäcke. Zahnstein. Ich drücke alle Mitesser zweimal heraus, bis ich aussehe, als hätte ich die Masern und Scharlach. Mit der blutigen Stecknadel steche ich unter die Haut, um noch das letzte Barthaar herauszubekommen. Brächte mir jetzt Buck Mulligam die gekreuzten Rasiermesser, täte ich es.

Selbst noch die Ohren ausputzen und Tonoftal zwischen die noch nicht vom Fußpilz befallenen Zehen schmieren für alle Fälle. Die Zähne bis auf den Stumpf bürsten. Die Badewanne schruppen, bis sie blinkt wie im Fernsehen. Die Haare aus dem Knie des Abflußrohres fischen. Den angesetzten Kot noch dort aus dem Klo kratzen, wo man ihn nicht mehr sieht. Alles sauber machen. Einkaufen und viel Geld ausgeben. Neues erwerben. Das letzte Heft der ›Alternative‹ und des ›Kursbuchs‹ unbedingt besorgen und das, was man versäumt hat von der ›Theorie-Reihe‹ und den ›Rotbüchern‹, Vorzugsmilch und die neue Margarine, die das Herz schont, einen neuen Füller und einen dicken Packen festen, schneeweißen Papiers, neue Jeans, die zu eng sind, aber ich werde ja weiter abnehmen. Die Bücher türme ich auf den in Reih und Glied gebrachten und mit einem feuchten

Tuch abgewischten Schreibtisch. Es kann weitergehen. Aber ich stehe nur hinter dem Fenster und popele mir in der Nase.

In der Nacht plötzlich ein Anfall von Freundschaft und eine Serie abgebrochener Briefe. Schon beim ersten Schluck balle ich die Faust und möchte ein Anarchist sein.

Mein Schmerz ist größer als meine Lust.

Ich rufe sie an, und sie erzählt mir, daß sie kaum zum Schlafen komme, morgens Schulung, dann Arbeitsgruppen bis spät in die Nacht, Erfahrungen werden ausgetauscht, wenn man erkennt, daß die Sorgen überall gleich sind, kann man viel voneinander lernen, die Augen gehen ihnen auf, alle sind dabei, es ist so ein Schwung hier, sagt sie, endlich so ein bißchen Gemeinsamkeit und Anpakken.

Ich drehe mich noch einmal um und versuche weiterzuschlafen. Den Traum will ich nicht verlieren. Was an Geräuschen von draußen hereinkommt, wird verarbeitet. Die Außenwelt als Innenwelt. Ich bin ganz bei mir. Embryonal. Keine Geschichten mehr, nur noch schnelle Stummfilme. Wenn Drinnen und Draußen unterscheidbar werden, schlucke ich Schlaftabletten und lege das Kissen aufs Gesicht.

Immer atemlos.

Jedes Mädchen umarmen. Berühren. Die Weichheit eines Unterarms oder des Ansatzes der Brust. Einfach beieinander sein, im Kreis mit allen sitzen, mit leisen Stimmen reden, freundlich.

Onanieren, bis das Glied blutet.

Mit zusammengebissenen Zähnen leben.

Manchmal male ich drei Bilder hintereinander; Fensterausblicke; auf Mauern, auf Arkadien.

Der Körper ist zum Fliegen zu schwer. Schmerzen im Hals, Schmerzen in den sinnlosen Weisheitszähnen, jedes weitere Jahr neue Schmerzen, einfach liegen bleiben, sich auflösen, alle Widerstände überwinden.

Meine Träume sind nicht gut. Mein Mut ist nicht groß. Es wird sich nichts ändern. Bullen sind wir geblieben, bürgerliche Einzelkämpfer. Wir sind ein bißchen verzweifelt, ein bißchen ironisch und hängen an uns. Wir fühlen uns wohl als Hypochonder. Wir haben nicht einmal unsere Gefühle geändert. Wir werden dreißig, nehmen eine Stellung ein, man braucht uns, man kann sich auf uns verlassen, es ist unnötig, uns Berufsverbot zu geben.

Gertrud schreibt, ich solle sie nicht in Stuttgart abholen, sie bliebe noch, im Betrieb gebe sie selber Bescheid.

Es ist aus. Ich kann nur noch versuchen, eine Geschichte daraus zu machen. *Geschichte schreiben ist eine Art, sich das Vergangene vom Hals zu schaffen.*

Emmendingen, 5. Juni 1775, 28. Sept. 1779
Ich bin sehr in der Lufft. Ich gehe nach Schafhausen den Rheinfall zu sehen, mich in die große Idee einzuwickeln. Denn noch, fühl ich, ist der Hauptzweck meiner Reise verfehlt. Ich weiß es wohl ich bin ein Thor, Allein drum bin ich s doch. In Demuth hoff ich dass es so weiter gehn wird, Lufft und Wetterglas geben Hoffnung. Ich unterhalte Sie nur von mir. Es ist meine alte Sünde. Ich fahre in meiner Erzählung fort.

Goethe

X

Endlich frei. Ich stand auf, reckte meine Glieder und trat an den Schreibtisch. Schon lagen mir die Umrisse einer schönen Erzählung im Kopf. Ich notierte den Plan und machte eine Gliederung. Eine große Freude erfüllte mich: meine Phantasie war noch nicht zerquetscht, noch konnte ich in mich hineinhören.

Der große Tag der Rückkehr zu mir, zu dem, wo ich bei mir war und für mich selbst, die Rückkehr zu meinen Gefühlen, meinen Sorgen, meiner Wirklichkeit, der große Sieg meiner Subjektivität, die Befreiung von Gertruds Vernunft und dem Gehorchen, die Freiheit von den politischen Sollvorstellungen, vom Zwang und Müssen, vom Gezeter und den Vorschriften, wie ich sein, fühlen, denken und handeln sollte, die Freiheit und Rückkehr zu mir, der große Tag mußte gefeiert werden.

Ich stand auf und trat an das Bücherregal, zog

den Marx heraus und ließ nur die ›Frühschriften‹ stehen, warf den immer nur postulativen Habermas gleich mit auf den Boden, griff mir die alten und die neuen ›Ansichten einer zukünftigen Germanistik‹ und die predigerschwarzen Bände von ›Literaturwissenschaft und Sozialwissenschaften‹, das ›Argument‹ und was sonst da noch stand, stapelte alles auf, packte die Gewerkschaftszeitungen dazu und schleppte den Kram in den Keller, stopfte den roten Berg zwischen die fauligen Kartoffeln und die abgefahrenen Autoreifen.

Das tat gut. Mit federnden Hüften betrat ich wieder die Wohnung, steckte mir eine dicke Zigarre an und soff den letzten Bauerntrunk (nie wieder würde mir so billiger Stoff ins Haus kommen!), machte mir am hellen Tag eine schöne halbe Stunde und pfiff Udo Lindenbergs Lied vom Alten Käptn dazu, das Gertrud nicht gefiel.

Das mußte gefeiert werden. Ich ging einkaufen, nicht in den Supermarkt, nicht zum Albrecht, ich kaufte in den kleinen Läden nur vom Besten, Wein mit Silber- und Goldmedaillen kaufte ich, Knochenschinken und kalten Braten, schwarze Oliven und Krabben, besorgte mir ein Kästchen Havannas in dem Laden, in dem man noch Zigarren in wasserfeuchter Luft zu lagern versteht, kaufte handgeschöpftes Büttenpapier.

Zu Hause baute ich ein kaltes Büfett neben dem

Stapel makellosen Papiers auf, gruppiert um eine Flasche 71er. Ich legte meinen frisch gefüllten Füllfederhalter auf das Papier, breitete auf dem Boden eine Deutschlandkarte aus, spielte die ›Lieder eines fahrenden Gesellen‹, entkorkte die Flasche, suchte mein altes Lieblingsglas aus dem Schrank heraus und schlürfte aus ihm die goldene Freiheit.

Dann setzte ich meinen Füller an und beschrieb, wie ich nach Freiburg wanderte, wie ich in einem kahlen Weinberg eine Jagdgesellschaft ziehen sah, viele Jäger in Lodenmänteln, grünen Kniestrümpfen und derben Schuhen, manche hatten ihre Arme auf die Gewehre mit abgeknicktem Lauf gelegt, einer schleifte einen langen, braunen Hasen hinter sich her, dessen Hinterläufe auf dem Weg auf und nieder sprangen, das Maul war aufgebrochen, Zähne bleckten, Blut am Maul, Blut am weißen Schwanz, ein Jagdhund tappte nebendrein.

Die Exposition war mir gelungen. Wenn ich etwas getrunken habe, wenn mir der Kopf weit wird und das Herz lebhaft, bekomme ich Hunger. Ich bekam Appetit wie lange nicht mehr. Also griff ich in mein kaltes Büfett, röstete mir einen Toast, legte Krabben und Lachs darauf, aß echt westfälisches Pumpernickel mit Knochenschinken und Butterhörnchen mit Ziegenkäse. Ich kaute und lauschte Schumanns *(Anfangs wollt ich fast verzagen, und ich glaubt, ich trüg es nie)* und Schuberts Melodien nach *(ich bin herunter gekommen und weiß doch selber nicht wie).* Summend schritt ich an meinen Büchern entlang, ergriff dieses und jenes, schlug meinen Goethe auf *(Aus dem Blut auf der Lehne des Sessels konnte man schließen, er habe sitzend vor dem Schreibtische die Tat vollbracht, dann ist er heruntergesunken, hat sich konvulsivisch um den Stuhl herumgewälzt),* blätterte auch im Koeppen *(Der Abgeordnete war gänzlich unnütz, er war sich selbst eine Last, und ein Sprung von dieser Brücke machte ihn frei),* stellte die Bücher wieder zurück, ergriff mit spitzen Fingern ein Petit Four, kaute zart, leckte die Fingerspitzen ab und summte weiter den romantischen Melodien nach. Dann trat ich an den Schreibtisch, schnippte mit den Fingern, stocherte nachdenklich in den Zähnen herum, bis mir eine gute Idee kam, ich setzte mich und beschrieb, wie ich in Freiburg den Zug bestieg, wie die Welt eines milchig späten Herbstes an mir vorbeizog, wie ich in Köln ausstieg und wieder einstieg, nachdem ich einen mit Zeitungen zugedeckten Wermuthpenner gesehen hatte, wie ich in Münster ausstieg, durch die von Gastarbeitern freie Bahnhofshalle ging, im Regen die ordentliche Salzstraße hinunter, über den Drubbel und die gepflegte Kreuzschanze, wie ich vor dem Haus, in dem meine Mutter fernsieht oder sich Geschichten erzählt, umkehrte und zum Bahnhof zurücklief, wie ich wieder den Zug bestieg, der mich nach Hamburg brachte, wo mir einer betrunken den Weg vertrat, da löste ich Eurochecks ein und bestieg den nächsten Zug, in Göttingen dachte ich lachend an Heine, in Nürnberg lagen im dreckigen Wartesaal verdreckte Besoffene über umgestürzten Biergläsern, wie ich deshalb den nächsten Zug bestieg, der mich nach Stuttgart fuhr, in der zugigen Bahnhofshalle kaufte ich mir ein Würstchen, das ich aber sofort in den Abfalleimer warf, als ich den bösen Husten der Verkäuferin hörte, wie ich den nächsten Zug bestieg, der mich nach Konstanz brachte, wobei ich mich beinahe an einem vergriffen hätte, der, seine fein verwaschenen Jeans übereinandergeschlagen, mir dauernd mit Hegel kam und der Vertauschung der Misere einer bürgerlichen Psyche mit der Misere der Verhältnisse.

Ich kochte Wasser, brühte Mokka und bettete mich in einen Sessel, legte mir Mozarts späte Klavierkonzerte auf. Dazu paßte Joseph Roth. Ich holte seine Amsterdamer Briefe und las: *Was kann ich tun? Wohin soll ich fahren? Wie soll ich da heraus? Ich weiß nicht, was ich machen soll. Was hätte ich tun sollen? Was soll ich nun tun? Aber, was hat das Alles für einen Sinn. Ich sehe keinen Ausweg. Was soll ich tun? Ich schreibe jeden Tag, nur, um mich zu verlieren, in erfundenen Schicksalen. Was soll ich mit dieser Frau machen? Was soll ich selbst machen? Was soll aus mir werden, überhaupt? Jetzt, was soll jetzt? Ich bin am Rande, am Rande.*

Ich öffnete eine neue Flasche, einen Eiswein zur Krönung, setzte eine Havanna in Brand und schrieb weiter: Konstanz ist ein Sackbahnhof, da war dann das Ende, ich ging an den Rand des winterlichen Sees und ließ mich, während meine Havanna nicht richtig ziehen wollte, in das eisige Wasser stürzen, das Wasser lief mir in die Nase, in den Mund, füllte mir die Lungenflügel, ich leistete keinen Widerstand, das Herz brach in der Kälte, mit dem letzten Blick sah ich Gertrud im Sommerkleid mit dem DGB-Vorsitzenden und sieben Kindern über das Wasser rudern.

Die Geschichte war fertig. Ich schrieb mit Schwung ein Finis unter den letzten Satz und lehnte mich im Sessel weit zurück. Wie gut das tat, einmal etwas Eigenes zum Schluß gebracht zu haben. An solch großen Abenden erfaßt mich ein Bedürfnis nach Reinheit. Ich räumte alle Teller und Schüsseln fort, wischte die schon angetrockneten Überreste in den Mülleimer, fegte mit einer Serviette den Aschenbecher aus, verstaute die leeren Flaschen hinter dem Schrank, bündelte meine Erzählung mit einer Büroklammer, öffnete weit das Fenster, ließ die klare Nachtluft hereinströmen und zog Schiller aus dem Regal: *Denn woher diese noch so allgemeine Herrschaft der Vorurteile und diese Verfinsterung der Köpfe bei allem Licht, das Philosophie und Erfahrung aufsteckten – woran liegt es, daß wir noch immer Barbaren sind? Der zahlreichere Teil der Menschen wird durch den Kampf mit der Not viel zu sehr ermüdet und abgespannt, als daß er sich zu einem neuen und härteren Kampf mit dem Irrtum aufraffen sollte. Zufrieden, wenn er selbst der sauren Mühe des Denkens entgeht, läßt er andere gern über seine Begriffe die Vormundschaft führen, und geschieht es, daß sich höhere Bedürfnisse in ihm regen, so ergreift er mit durstigem Glauben die Formeln, welche der Staat und das Priestertum für diesen Fall in Bereitschaft halten. Wenn diese unglücklichen Menschen unser Mitleiden verdienen, so trifft unsre gerechte Verachtung die andern, die ein besseres Los von dem Joch der Bedürfnisse frei macht, aber eigene Wahl darunter beugt. Diese ziehen den Dämmerschein dunkler Begriffe, wo man lebhafter fühlt und die Phantasie sich nach eignen Belieben bequeme Gestalten bildet, den Strahlen der Wahrheit vor, die das angenehme Blendwerk ihrer Träume verjagen. Auf eben diese Täuschungen, die das feindselige Licht der Erkenntnis zerstreuen soll, haben sie den ganzen Bau ihren Glücks gegründet, und sie sollten eine Wahrheit so teuer kaufen, die damit anfängt, ihnen alles zu nehmen, was Wert für sie besitzt?*

Da packt es mich, mein Magen dreht sich um, im Hals würgt es, schon stiegen mir die ersten Speisebrocken im Säuresud in den Rachen, ich sprang auf, rannte mit vorgehaltener Hand in das Bad, durch die Finger quoll mir mein Inneres, ich beugte mich über die Kloschüssel und kotzte in schleudernden Krämpfen alles heraus aus mir. Im bunten Brei schwammen nur halb verdaute Oliven, Fäden bitteren Speichels zogen nach, immer noch sabberten mir Pfützen von Gallewein die Mundwinkel hinunter, schließlich würgte es mich trocken, warf mir den Kopf hoch, und wieder hinunter in das trotz steter Spülung stinkende Becken. Der Schädel dröhnt mir. Gertrud schreit mich an: Da, lies: Gewinnzuwachs im Bankgewerbe bis zu 127%, Rekordinvestitionen der Konzerne, und die Zahl der Arbeitslosen vermehrt sich auf 1035000; BDA-Chef Schleyer sagt, daß die Frauen im Beruf weniger tun als die Männer und deshalb auch keinen Aufstieg erwarten dürfen; lies auch das: Sonderschullehrer Peper nicht eingestellt wegen nachbarschaftlichen Zusammenwohnens mit MSB-Mitgliedern; lies und schau nicht weg: Rentner sprang in den Tod, weil er Mieterhöhung nicht bezahlen konnte; würde heute gewählt, wählten 56% CDU; und überlies auch das nicht: Auch in der Kunst wieder mehr Poesie und Privates! Ich sehe in den Spiegel, der Erschlaffungsprozeß der Haut schreitet voran, Falten brechen auf, die Rillen um die Fingerknöchel vermehren sich, Hautwucherungen, die geschwollene Leber zwickt unter den Rippen, Krampfadern, vom wöchentlich schlapper werdenden Liebesausstoß gar nicht zu reden. Ich verlasse das Haus, laufe, der Schädel will mir fast bersten, laufe mit Mühe nach Denzlingen rüber, durchs Glottertal, immer weiter hinauf, St. Peter und St. Märgen zu, laufe, daß mir die Lunge flattert und der Schweiß vom Gesicht tropft, laufe weiter, gebe nicht auf, schaue nicht hinter mich, lasse Freiburg zurück im Tal, sehe mich nicht nach der Universität um, laufe, eins, zwei und ausgeatmet, ein, zwei und aus, laufe und trommle mit dem Rhythmus meiner Beine eine Melodie ohne Worte, wechsle von der Nasen- zur Mundatmung, laufe, bis ich oben auf der Höhe bin, da stolpere ich, schlage hin und bleibe mit dem Gesicht im Dreck liegen, japse und beiße Sand, bis mir die Sinne wiederkommen und ich Moos fühle unter meiner Hand, da rappele ich mich wieder auf, laufe weiter, die Knie zittern mir, die Beine wollen nicht mehr hoch, die Knoten im Hintern schmerzen, Seitenstechen rechts und links, die Augen tränen und fassen querstehende Äste nicht mehr, aber ich halte auf Neustadt zu, renne und lasse mich bergrunter fallen, teckele die Ebene bis zum Rand des Schwarzwaldes schnurgerade durch, torkele nur noch, lasse mich von der Schwerkraft die Schwarzwaldausläufer hinunterzerren, ich sehe nichts mehr genau, laufe im Kreis im Hegau, halte von Engen her frontal auf den Steilhang des Hohenstoffeln zu, drehe aber noch rechtzeitig ab und komme nach Weiterdingen, wo ich den Hohenkrähen und den Mägdeberg seitlich neben mir, den Hohentwiel seitlich vor mir, den Hohenhöwen seitlich hinter mir habe, ich tappe Hilzingen zu, von wo ich den Hohentwiel von hinten sehe und der Doppelgipfel des Hohenstoffeln mir zu einem Buckel verschmilzt, ich holpere in Singen über die Bahngleise und reihe mich ein in die Front der Hegauberge, stehe für einen Augenblick in einer Linie mit Hohentwiel, Hohenkrähen, Mägdeberg und Hohenhöwen und bin gedeckt von hinten durch die Mutterbrust des Hohenstoffeln, dann weiter, weiter, ich laufe auf Fridingen zu und sehe mit jedem wunden Schritt die Hegaufront auf- und abtanzen, Hohentwiel, Hohenkrähen und Mägdeberg im Gleichschritt, dahinter Hohenstoffeln, rechts Hohenhöwen, dann bin ich in Aach und verwirre mich ganz, tippele wieder nach Engen und halte frontal auf den Steilhang des Hohenstoffeln zu und rolle den ganzen Hegau noch einmal von hinten auf.